JN059651

ハートフル♡

ともing

幻冬舎 MC

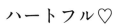

ハートフル♡目次

♡宝の山の前で全力を尽くす♡

『はじめに』

　こんにちは。あなたに出会った奇跡に感謝します。

　お茶が好きです。和みます。

　最近感じたこと。お菓子や食品などの種類が増えている。

　何となく行き過ぎだよ〜。情報と物で溢れかえっている。ハッキリ言ってキャパオーバー！

　これは一つの練習かもしれません。宝の山から、自分なりの宝物を見つける。

　情報も信じていいものと、そうでないものを自分のキャパ内でキャッチする。知らなくてもいいことは忘れる。

　自分だけの宝物と他の人の宝物は違う。

　宝の山に着く前に自分なりの核なる何かを見つけないと、宝の山の前で人に流され、自分が死んでしまう。

　その核が本当の宝物なのだな。

　私は宝の山で宝物を見つけました。

映画の中の五感を使った音楽とダンス。人を愛する心。春夏秋冬の昼と夜の空。

　そして、これからの宝物！　オーロラ、白夜もいつか見たいな。

　♬　ハートがキラキラしています。

　このような、ハートフルなキラキラ全て宝物です。

　そして、夫婦でお揃いのチャームを持つ。証された雪の結晶等々。

　これがフォーカスポイントです。ハートフルな夫婦がファンタジーに入ったストーリーです。

　ハートフルなキラキラ、月や星やお茶、猫、マフィンも大好き。

　ハートフルなキラキラを宝の山の前で全力を尽くして見つけた宝物たちです。よろしくお願いいたします！

ともing

♡淡い鼓動♡

　紗子はショートボブで優しい雰囲気の少女。紗子は放課後ぼんやりと校舎の窓から空を見ていた。

　その時陸上部が百メートル走を練習していた。

　紗子は陸上部に目がいった。そこには同じクラスの奏太郎が練習していた。

　奏太郎は細身で長身な少年だった。

　奏太郎がクラウチングスタートした。サーッとトップで走った。

「奏太郎君、速いんだぁ」

　奏太郎に感心した。

　その時、校庭の奏太郎が校舎の方を見た。何気ない行動だった。

　奏太郎と紗子は目が合った。

　紗子は胸に何か力が、音がした気がした。身体が震えた。それから紗子は奏太郎を意識するようになった……。

　音楽の授業中先生のクラシックの曲の演奏のピアノが響いている。紗子はピアノの音が好きだった。授業中先生の演奏を退屈そうに聴いていた奏太郎とまた目が合った。

　ドキッ、きゅん、

紗子の胸はピアノの音が効果音のように響いた。きゅん、とした。また、身体も震えた。

　紗子は耳まで胸になったようだった。胸から耳へ、耳から胸へ、そして、全身がピアノのきゅん、の音でいっぱいになり、熱く熱くなった。曲なんてよく分からないけど、きゅん、の音がピアノの音となり、クレッシェンドに段々と鼓動が上がる。紗子の胸の中をピアノが奏でる。

　奏太郎とまた目が合うと、この音、胸から耳へ、いや、耳から胸へ全身がピアノの音でいっぱいになる。

　これは何？　紗子は全身震えていた……。

　家に帰っても、紗子の胸はピアノのきゅんの音でいっぱいで、台所にあるトマトを見つめているだけだった。

　台所で突っ立っている紗子を見て、母親は

「ほらほら、ぼーっとしない。買い物へ行ってちょうだい」

　と紗子に頼んだ。紗子は制服からお気に入りのスカートに着替えて近所のスーパーに買い物に行く。相変わらず紗子はきゅんの音でぼーっとしている。

　そんな時、同じスーパーを行く道を奏太郎が歩いていた。遠く紗子の姿を見かけた。

「あれは紗子だ」

　奏太郎は紗子を見た。紗子はとんでもなかった。

　ぼーっとしているので、あちこちにぶつかっていたのだった。お店の看板、電柱、あちこちにぶつかっていて、その様子が微笑ましく可笑しい。奏太郎はクスクス笑い、紗子を見ていた。紗子は奏太郎に気付かなかった。

　学校の放課後、いつものように陸上部の奏太郎を校舎の窓から紗子は見ていた。今日は奏太郎も校舎の方を見ていた。昨日のスーパーまでの道の紗子の様子が気になっていたからである。

　そして、自分の事を気にしていてくれるのかなとも思った。

　紗子はピアノのきゅんの音を考えて、陸上部を見るのをやめて、音楽室へ向かった。音楽室には誰もいない。奏太郎と目と目が合った時のきゅんの音のピアノの音を探した。

　ピアノの前に立ちラの音を弾いた。ラー、耳から胸から指から伝わってくる……。

　そうだったのか！

　このラの音がきゅんの音の「きゅ」の音だわ！

　音階が違ってもラの音は同じ。高さが違うだけ。

色々な音階のラを弾いてみる。ラだわ。
　きゅん音の「ん」の音はシ！　ラシ！　きゅん！
　ピアノの前できゅんとした。ラシ！　ラシ！　きゅん！　きゅん！
　胸の鼓動のきゅんの音はラシ。奏太郎君の音。

　この時、パタンと音楽室のドアが開く音がした。紗子はドアの方を見た。
「ごめん。邪魔した？」
　奏太郎がユニフォーム姿で立っていた。紗子は驚いてしまいピアノの長椅子にぶつかってしまった。
「痛い！」
　その姿を見て奏太郎は吹きだして笑う。「大丈夫？」
　また全身ピアノのきゅんの音だわ。と紗子は思う。
「紗子の事が気になる。何やっていたの？」
　と奏太郎。そして、長椅子に座る。つられて紗子も長椅子に座る。
　この音が伝えられたらいいのにと、ラシ！　を弾く。
「一番好きな音探していたの。今、見つかったの。このラシの音。奏太郎君の音」

奏太郎は何だか分からず笑って紗子を見つめた。紗子も微笑んで奏太郎を見つめた。

♡スノーボールクッキー♡

　あるカフェで女性が紅茶を飲んでいました。カントリー風のカフェでゆったりとくつろいでいます。

　ふと窓に目を向けると憧れのあの人がこっちへ歩いてきました。女性は驚き、ときめきました。

「なんて偶然」

　窓の外のあの人は笑って手を振っています。女性は自分に手を振っていると分かり、ドキドキしました。

　ちょっと目をそらし、ソーサーにあるシュガーキューブを震える手で、ティーカップに入れました。そしてもう一度窓に目を向けるとあの人はいませんでした。

　女性はいつもあの人の事を考えているから、幻が出てきたと苦笑しました。スプーンで紅茶をゆっくりかき回し一口飲むと口いっぱいにダージリンの香りが広がります。

　また窓に目を向けるとあの人がいます。自分は紅茶に酔ったのかしら？　と女性は思いましたが、あの人に手を振り返しました。

　すると窓の外の憧れの人は店内に入ってきました。

「まぼろし？」

　女性の胸は最高潮に達しました。憧れのあの人は女性の方を見て笑いかけて、窓の外を指さしました。窓に目を向けると、外は雪が降っていました。雪をしばらく見た女性は窓からまた、店内に目を向けると誰もいませんでした。

「まぼろし？」

　その時ウエイターがスノーボールクッキーを持ってきて女性の前に置きました。
「雪が降る時にお客様にサービスしております。スノーボールクッキーです。」
「ありがとう。」女性はウエイターに会釈した。
　そしてあの人からのプレゼントだと思いました。雪とスノーボールクッキー、気持ちがウキウキしていると窓の外からコンコンと叩く音がします。

　窓に目を向けると少女が雪で丸めたボールで窓を叩いています。

その少女はともちゃん、女性の幼い頃の姿でした。

　雪で遊びながらこんなストーリーを考えて大人の女性になり、遊んでいた時の姿でした。

　あの時の少女が時間を飛んで現在の女性の処へ遊びに来ていたのでした。

♡キューピット♡

　ど真ん中ストライクの人と結ばれる時、キューピットが矢を放っているのだって。

　キューピットにお願いしたい時は素直に直球に生きるんだって。

　キューピットは曲がったことが大嫌い。

　そしてね、みんなのハートに刺さった矢は痛そうだからとキューピットはたまに矢を抜くんだ。それが、恋人の別れなんだ。

　キューピットは「矢なんて刺して僕はなんていけないんだろう」と悩み始めた。そして、矢を放つのをやめたんだ。

　それでも、人間は結婚したりしている。キューピットは「僕の価値は何だったのだろう」としょげてしまった。

「それに、曲がった事が大嫌いな僕の髪型はちりちりテンパじゃないか！」

　そう気が付くとストレートパーマをかけた。まっすぐ綺麗な髪になった。天使の輪キューティクルも出来た。

　そうしたら、なんとキューピットは天使になったんだって。

　天使になったキューピットは矢を使わず愛で男女をくっつけ

るようになったので、人間は別れる事はなくなったって。しかもボーリングのど真ん中ストライクの男女だらけ。

　そして、キューピット、いや、天使はストレートの髪をなびかせているのだって。

♡僕はこの世界を守りたい♡

　空気がピンと張りつめた。彼の言葉が一つ一つ響いている。
「寒くないよ」こんな言葉が心にずしんとくる。冬の学校の帰り道。私と彼は他愛もない会話をしていた。その時の空気は寒かったけど澄んでいてピンと張りつめていた。
「ケーキは何が好き？私はチーズケーキ！」
「色々な考えの人がいるからなあ。僕もチーズケーキ」
「私も！　一緒だね！」
　なぁんて他愛のない会話だった。
　ある時彼が遠くを見てボソッと言った。
「この空の向こうには違う世界があって宇宙が広がっていて、その宇宙の光の中に色々な世界や人がいるのだろうな」
　夕陽が綺麗だった。
「そして、僕はこの世界を守りたい」
　私は訳が分からず黙っていた……。

　それから二人は大学に進学した。
　夏のある夜、隅田川花火大会を彼と見に行った。ネオンと薄明るい空が広がっていた。

「夏になると昼が長くて、まだ明るいね」彼が続ける。

「明るくて星が見えないね。僕は思うんだ。昼も夜も夏も冬もめいめい違う世界を持っているのかなって。夏ののどかな空気。冬のピンと張りつめた空気。そのめいめいの性格を持つ世界、世界観なのかなって。そして、僕は僕の世界を守りたい」

　私は彼を見つめた。

「君と僕は似ている気がする。僕の世界の人として接してもいいかな？」

　そこへ、ドーンと打ち上げ花火がひらいた。

　これは告白？　やっと分かった。冬の彼は色々な宇宙の光や、昼と夜、夏と冬の世界と自分の世界を比喩して私に告白してたんだ！

　自分の世界観を持つ彼。その感性に私は入れてもらえるのかしら。そして、今打ち上げ花火がなったのは私に何を伝えたいのだろう……？

「打ち上げ花火が教えてくれたの。彼の世界へ行きなさいって！」私は言った。

　彼はにっこり微笑んだ。

　のどかな夏の空気とネオンと薄明るい空の下の打ち上げ花火が夏の始まりの合図だった。

♡時間♡

　ある日寝坊したので朝ごはん抜きでドライヤーかけて、メイクしてギリギリセーフ！　と思ったら「あれ？」まだ10分しか経ってなかった。それから、余裕があるので朝ごはんを食べた。「うん。時間ぴったり！」

　会社に着きPCに必死にデーターを打ち込んでも１時間しか時間は経ってなかった。

　そんな時、同期の桜ちゃんが「お昼食べよ〜」と誘ってきた。オムライスとアイスティーを頼んで食べる。一息つく。時計を見るとまだ15分。今日は時間が進むのが遅い気がする？　すると桜ちゃんが「時計を気にしているね。時間って曖昧なんだって！」と言ってきた。

　そして「政府の上の方の人が１時間は60分って勝手に決めて、一人一人にあてがっているのだって。それ聞いてから、時計を見なくなったの」

　そんな情報もあるのか？　桜ちゃんの言葉を聞いて私は時計を見るのをやめる事にした。

　夜。紅茶を淹れに台所に行ったら、ピンポーンと宅配便が届

いた。開けると懐中時計が入っていた。アンティーク調でおしゃれな物。でも何故か１時間の目もりが２時間ずつの48時間の時計だった。私はピンときた！

「これだ！　この時計通りに動いているんだ。」つまり１時間が２時間分、つまり120分２倍なのだ。でもこの時計何で届いたの？　差出人の名前なし。そこへ桜ちゃんから電話があった。

「おめでとう！　時間のステージアップ！　私もこの前仲間入りしたんだよ！」

「ステージアップ？　桜ちゃん何か知っているの？」

「政府に選ばれた人の家に時計が届くの！　選ばれた人は時計通り時間が長く使えるの！　そして誰の家に時計が届くのか知っているの！　だから電話したの！　嬉しいでしょ！　今までは１時間が60分だったけど、２時間分、120分使えるのよ！　２倍よ！　凄いでしょ！」

　私は桜ちゃんの興奮に戸惑い、急いで電話を切った。

　私は懐中時計を目の前にブラブラさせて考えた。

　１時間は１時間。60分でいいと思う。こんなの気持ち悪い。私は懐中時計をごみ箱へ捨てた。そして紅茶を淹れて飲んだ。普通に20分ぐらいだった。

その後の桜ちゃんは仕事が早いと評判だけど（１時間が120分だから）浮いた話はいっさいなかった。

　名前のように春にスポットライトが当たるとか、そういう良い事もなさそうだった。

　私は充実している。１時間は１時間。結局それでいい。

　それに時間が２倍って事は桜ちゃん！　冬が長くなるじゃん！そう思う私であった。

　＊春も２倍なんですよね(^^ ♪

♡小人の話♡

『一寸法師』、『親指姫』、『白雪姫』の七人の小人、『ガリバー旅行記』など小人の話はたくさんあるけど、実はみんな巨人の王国の話なのです。

　この事はここだけの話。

『一寸法師』も『親指姫』も七人の小人たちも巨人の王国から見た人間の姿なのでした。そして、ガリバーは人間の姿として書かれて、小人の国へ行きますが、ガリバーが巨人で小人が人間なのです。

　何故、そんな事になったかというと巨人の王国の人たちは、昔、私たち人間に怖がられていました。しかし、巨人たちは心が優しく、大きいだけで怖がられるのを悲しみました。

　そして、考えたのです。大きいのは人間だと思い込ませる物語を作ろうと。大きい事は怖くないよと願いを込めて。

『一寸法師』、『親指姫』、『白雪姫』の七人の小人、『ガリバー旅行記』、色々考えました。けれども巨人たちは怖がられていたままでした。巨人はどうして怖がられるのか？　優しく人間を守っているのにと思っていました。

でもね、人間は知っているのです。小さい赤ちゃんを人間は守っているけど、赤ちゃんの小さく清らかな魂から守られている事を。どんな悪人も赤ちゃんの前では善人です。赤ちゃんの魂は強いです。これは神様が与えた力です。巨人たちはこの事を知りません。

　22世紀、一人の赤ちゃんの中に巨人たちの思念が入ります。そして悟ります。とても清らかで強い魂があった事を。自分たちがその魂から守られていた事を知ります。
　そして、その小さな赤ちゃんを守っているのは人間です。さらに人間を守っていたのは、巨人たちだった事を知りました。また、人間は巨人たちの事を怖がってない事も分かりました。巨人たちは感動しました。
　このことを巨人たちが知るのは22世紀の事です。
　だから小人の話が今でもあるのです。この事はここだけの話です……。

♡兄弟姉妹♡

　同級生の友達、年上の友達、年下の友達、誰が年齢を数え始めたのだろう。

　大好きなトーストと紅茶の朝ごはんを食べながら考えた。結婚適齢期も変。今日は仕事も休み。

　窓の外の空も晴れ。「ふぁぁー」あくびをしてメールを確認する。その中に友達の喜久子からメールがあった。

「今日、読書会を開きますので暇だったら、うちに来てね」

　私はにんまりした。喜久子主催の読書会、これがまた大好きな事の一つだ。私は昨日読み終えた本を携えて行く事にする。勿論、本の事を話し合うのだがこの会とても楽しいのだ。年も性別も超えてみんなで好き勝手に話、飲み、食べる。

　この前は、三歳の菜南美ちゃんの『ちゃんと手を洗えたかな』の絵本を読んだ。そして、「いついかなる時、手を洗うか？」で話し合った。

　八十五歳の唐男おじいさんの『老いとの付き合い方』の本で老いについて考えて、話し合ったりした。その時、菜南美ちゃんが「しわの数を数えられなーい」と言って、唐男おじいさんが「お星さまを数えて練習してごらん」と答えて、微笑ましく、

いつもほっこりするのだった。

「すす子、今日のみんなの本はどんな展開をするだろうね」喜久子は私に話しかけた。

「そうね。だけど私パソコンを使う時、手を洗う次郎太には驚いたわ」

「潔癖で悪かったな」次郎太が私達の後ろに立っていた。次郎太は喜久子の恋人で出版社に勤めている会社員である。そして何故か長男なのに次郎太という名前であった。

「会社のパソコンは何となく手を洗わないとダメなんだよー」

「喜久子と手を繋いだ後は？」

「えっ」

　私の質問に「すす子ちゃん、そういう質問は自分の相手にするもんだぜ」

　次郎太はこんなありきたりな会話でも嫌がらず気さくに答えるいい青年？　で私の初恋の人である。喜久子と私は小学生の時からの友達だ。

　幼稚園の時から付き合っていた次郎太と喜久子の二人の間には私は入る余地がなかった。二人は凄い……、年なんて関係ないが。

だから、初恋も芽生えず静かな片思いだった。でも、今は違う。

　何が違うのか？　私は違う人に恋している。それも年齢に関係なく唐男おじいさんに恋をしている。唐男さんはいまだに独身でとても優しい男性である。何かの力で年がちょっと離れてしまったのだと私は信じている。

　だって、会社のパソコンも触れないような人より、子供に「お星さまを数えてごらん。」なんていうカッコイイ男性いますか！年の功ではないと思う。ロマンチストなんだなあと感動し、また、年性別を超えて愛を私は感じていた。

　そろそろ唐男さんが来る。私は楽しみにしていた。

　ぼちぼち人が集まりかけてきて会が始まろうとした時、喜久子の家に宅配便が届いた。

　喜久子が荷をほどくと一冊の本と封筒が入っていた。

「何だ。どうしたんだよ」次郎太が喜久子に聞く。

　すると、私の方を見て封筒を渡した。

「唐男おじいさんよ、すす子宛に手紙と本ですって」私はちょっと胸がどきどきした。

　本は『pink』と書いてあって写真集だった。色々な風景のpinkの夕陽であったり、ドレスであったりpink色いっぱいの

本だった。

「すす子さんのイメージです。私は自分の星へ帰ることになった。私はある惑星に住む地球でいう宇宙人です。素性を隠して申し訳ない。すす子さんのことが好きです。私の星では一度生まれ変り、好きな外見に変われます。その為に私の星では色々な星に行き、次に生まれ変わる姿を探します。もうじき生まれ変わります。その準備時間この本を読んで私を覚えていてほしい。すす子さんの好きな次郎太に似た一郎太になって戻ってきます。唐男」

　私は唐男さんのままでもいいのにと思った。だけど、ただただ嬉しかった。『pink』の本を抱きしめて泣いた。

　唐男さんに早く帰ってきてほしい。嬉しいのと寂しいのとで泣いた。

　そんな私を見て突然次郎太が「俺、本当は次男なんだよ」と言った。

「次郎太、お兄さんがいたのよ。赤ん坊の時に突然いなくなったんですって。だから、次郎太というの」と喜久子。

　私は驚いた。すると菜南美ちゃんが「この本の色、すす子おね〜さんのほっぺたみたい」と無邪気に笑った。

そしてみんなに「おね〜さん！」と呼ばれて私は泣き笑いした。
pinkのほっぺたがさらにpinkになった。

♡万年筆♡

　万年筆は旅をしているのです。

　一人の女の人が誕生日に万年筆をもらいました。ピンクでペン刺しの先がハートで金色の万年筆です。

　インクがなくなっては足して長年使っていました。

　そして、色々な人に手紙を書きました。空想した物語も書きました。詩も書きました。全て万年筆で書き綴りました。

　この万年筆、女の人と共に手紙として、ある時は空想の中へ旅をしていたのです。

　そんな時、インクが切れてしまいました。他のインクにしてもインクが出ません。

　万年筆はもう旅が出来ないと泣きました。

　しかし女の人のもとにたくさんの手紙が届きました。

　女の人はその手紙の文字をインクの出ない万年筆でなぞりました。万年筆は喜びました。インクなど出なくても旅が出来る。

　また、女の人の想像が万年筆に伝わってきました。旅です。女の人と一体になり羽ばたいたのです。前と同じ状態になりました。

　女の人はふとした時、書いた詩を歌いました。

万年筆は女の人と一緒になり、動きました。そうすると次第にインクが滲み出てきました。丸と線となって繋いでいきました。万年筆から音符が書かれるようになりました。

　全て旅なのです。

　手紙も小説も詩も音符も万年筆の旅の足跡、証なのです。国境を越えて、時代を超えてです。もう万年筆は泣きません。永遠の旅に出ているのですから……。

♡自分自身の味♡

　初めて教会に行って説教が終わった後、みんなでごはんを食べた。バゲッドとポトフと緑茶。その時の緑茶が美味しかった。初めて飲む味。教会を取り巻く霊界がいいのかしら？

　20年たった今でもその緑茶より美味しいお茶に巡り合えていない。

　ある時、頭の中で声がした。

　幻聴？

「君は20年間他の人の代弁者だったんだよ。自分自身は教会に行った日から潜在意識の中で寝ているよ。最後に美味しいものを飲んで寝たの。そのお茶の味が自分の個性の味だよ。だから自分が美味しいと感じるんだ。20年間様々な人になって色々な気持ち、立場を経験したね。でもさ、あの味もう一度飲みたいよね。自分の個性だもんね。あのお茶。そろそろ起きてもいいんじゃない？」

　幻聴だろうか？　でも20年間の行動は自分じゃないような気もしてきた。自分自身に会いたい。どうすれば潜在意識が起きるの？　また教会に行ってみようか。しかし、その教会もなくなっていた。どうすればいいの？

また声が聞こえてきた。「あの頃20年前に、魂が喜ぶことを、心から楽しかった事を思い出して。自分の気持ちに聞いてみて」

　何だか思い出せない。思い出しても楽しく感じないの。うっすらとベールがかかったように他人事だわ。

　また声がする。「まだ潜在意識が寝ているから。あの曲思い出して？　そうそう、あの友達と飲んだアイスティーや自分で作ったクールグリーンティー。赤い人形のドレス、心を溶かしてベールをめくって。自分の事だよ。徐々に思い出して、将来君が結婚する時に花嫁ベールをめくってもらったら、本当の自分自身になるよ。そして君が緑茶を淹れると君自身の最高のお茶の味になるよ」

　あー、あの曲！　なんて、懐かしい！　アイスティー、クールグリーンティー、美味しかったぁ。人形のドレスお気に入りだったわぁ。魂が覚えているわ。自分の事だわ。この20年間は私ではないわ。徐々に思い出のベールをめくっていく……。自分自身の味。代弁者だった。人のベールを何枚もかぶっていたのね。

　声が言う。「さあ、思い出そう！　最高のお茶を淹れられるように。きっと幸せになれるから。そしてこの声は生まれる前

に自分でこの時期に聞けるように録音したんだよ。幻聴じゃないから。お茶の味がキーだったんだ。教会の説教も終わりだよ。説教という種が実を結ぶ時だよ。自分自身に会えるよ」

♡氷のメッセージ♡

　これは南極の話。南極には白熊やペンギンだけでなく天使やサンタクロースも住んでいます。そこはパラダイスで幸せの空気でいっぱいです。何故人類が知らないかというと、氷という目に見える個体が天使やサンタクロースを見えなくしているのです。

　氷が溶けると見えるのか？　実は氷に秘密があって、氷の結晶に天使やサンタクロースのメッセージが隠されているのです。

　それを解読した一人の氷学者というか氷の好きな女性がいました。女性は小さい頃からグラスに入れた氷やカキ氷が好きでした。夏はカランとグラスに鳴る音を聞いては天使の声かしら？と思っていたり、クリスマスにはサンタクロースにカキ氷をあげられたらいいなと思っていました。

　ある時、女性がアイスティーのグラスに冷蔵庫の氷を入れようとした時です。グラスの外から氷がはみ出て床に落ちていきました。その時、「こんにちは」と氷から聞こえてきました。そして女性は閃いたのです。わざとではなく偶然氷を落とすと氷からメッセージが届くと。グラスに氷を入れようとして落ち

る時があるでしょう。そういう意味だったんだと閃いたのです。

　しかしながら氷をわざと落とすのは至難の業です。女性は何十年もかけて、氷のメッセージを解読しました。解読したメッセージはこうでした。

　神様が氷という透明の個体に結晶を入れ、偶然にも氷の音を鳴らす時に天使やサンタクロースのメッセージを受け取れる様にしました。氷を叩くのもいけません。グラスにカランと鳴らすのもいけません。スプーンですくう音もいけません。全て偶然にも氷の音がする時結晶からメッセージが来るのです。
　また氷を見ると天使やサンタクロースを見えなくするようにしました。その方がワクワクドキドキするでしょう。
　しかし世間は受けいれませんでした。女性はこれでいいと思いました。南極は氷で見えませんが幸せの空気でいっぱいです。天使やサンタクロースもいます。南極の氷が溶ける時、人間皆が天使やサンタクロースを見ることが出来て、パラダイスに入れるとメッセージにあったのですから……。

♡その中♡

　その中にいる時って「その」に気づけない。その中がどれくらい幸せか分からないのだろう。その中で育った私は初めて社会に出た。「その」は居心地が良かった。社会に出てから私はへまばかり。

　そんなある日「その」という喫茶店を見つけた。フラフラ〜とそこへ入った。クラシック音楽がかかる喫茶店で、ソファーとテーブルも落ち着いた感じ。別に変わったところはない。私はアイスティーを注文した。前の席を見ると女子高生のグループ。きゃぴきゃぴしている。私もあの「その」中にいたのだなあ。
「お待たせいたしました」

　ウエイトレスが来た。アイスティーにガムシロップを入れる。一口飲んで前を見ると。
「あ、私！」二つに髪の毛を束ね、少女漫画を持っている。女子高生の時の私だわ。何なのこれ？　私はドキドキしてちらちら女子高生の時の私を見ていた。

　すると、女子高生の時の私がこっちを見た。そしてニコッと笑った。

　私は怖くなり会計を済ませ走って「その」という喫茶店を去った。

夜。どうしてもさっきの喫茶店が気になりもう一度「その」へ向かった。着いてみると「その」は「園」というスナックになって営業していた。中に入りカシスオレンジを注文した。夜はスナックになるらしい。そう言えば女子高生の時、喫茶店で友達と話に夢中になって、5時からスナックになる店があった。慌てて出て行ったっけ。ここはあのお店？

　そして落ち着いて考えた。
「その」という店を出ても、やっぱり「園」というスナックの社会に私はいる。私は結局社会のその中にいて、本当に「園」中から出た事がなく、何不自由なく保護され幸せなのだ、とアイスティーにかわって飲んでいるカシスオレンジを見ながら思った。

♡カタツムリの殻♡

　カタツムリの殻は宇宙空間とつながっているの。クルクル回って行くんだよ。

　クルクル回っているものはカタツムリの殻のように宇宙空間につながっているの。

　だから、渦潮も宇宙空間とつながっているの。

　でもどうやってカタツムリの殻に入るのかと言うと、クルクル回転させればいいの。僕、お目目クルクルさせて目をつむった瞬間カタツムリの殻に入って、宇宙空間に行くの。

　そこは湿気もなく、ジメジメもしてなくて、光に溢れているの。そしてクルクル回って飛び回っているの。地球も太陽も月もみんなクルクル回って遊んでいるんだ。

　僕たち赤ちゃんはそれを知っていて、お目目をクルクル回してカタツムリの殻の入り口に行き、寝ている間に宇宙空間へ行っているの。

　大人になると忘れちゃうんだって。僕悲しい。

　クルクル、帰る時は逆回転にお目目回すともう戻っているのだよ。

大人になってもたまに覚えている人は渦潮に行くみたい。

　だけどね、逆回転が出来ないから、宇宙空間に居続けるの。それが、隕石だったりするんだ。宇宙空間にいても、戻りたいから地球に落ちちゃうんだよね。怖いね。

　スケートやバレエや体操でクルクル回っている人は回っている時間、宇宙空間にちゃんと行ってて、回っている時間を大人が数式で証明しているんだ。

　この世界でクルクル回っているものはみんな数式で証明出来るの。証明されたら逆回転することも可能だよね。だから、瞬時に戻ってくるの。

　僕たち赤ちゃんは遊びに行っている時の事、大人は知らないから、数式で証明されない。だからカタツムリの殻なの。

　こんな事ママに言ったらもうミルクもらえないから僕の秘密なの。

　カタツムリの殻は僕たち赤ちゃんが寝ている時、宇宙空間に行っている姿なんだよ〜。

♡ココアの魔法♡

　ココアを淹れた。あまーぁい液体。クルクルとスプーンで回す。一口飲む。甘さが口いっぱいに広がる。ほっこりする。

　フーッと一息つくと目から涙が出てきた。

「あれ、どうしたんだろう」

　私は自分に部屋にいる。一人暮らしだ。ソファーに座っている。ほっこり中。どうして泣いているんだろう？

　訳が分からず、CDをかける。曲は学生時代よく聴いていた曲。涙が溢れてくる。

　あぁ、この頃は人に甘えていたっけ。よく人前で泣いていたし……。

　社会人になってからどっか、責任感があったよね。ココアって心地いい。学生時代に戻ったようだわ。そしてこの音楽も懐かしい。なんか安らぐなぁ。そんなこんなで泣いていたら、電話が鳴った。

　理代ちゃんから電話だ。そして理代ちゃんの前で泣きながらココアの事を言った。

「ふうん。ともちゃん、ココアがともちゃんの心を溶かしてく

れたのかもね。これからも飲んだら？」

　それからというもの、ココア、ココアのクッキー、ココアの
菓子パン、ココア漬けになっていた。そして、毎日泣いていた。
何故こんなにココアは甘くて心地いいの？
　涙はしょっぱいけど心は甘かった。
「そ、か」
　しょっぱいもの出しているんだ。だから心地よくて甘くなっ
ていくんだ。
　自分に厳しくするのはよそう。自分だけは自分を甘やかそう。
自分の味方でいよう。そう思ったら心がスーッと軽くなって歌
を歌いたい気持ちになった。

　ちょぴり厳しくて、しょっぱい社会が、心の中でココアに溶
けて、甘くなった。

♡ソファー♡

　ふと、家具屋の前でクリーム色のソファーが目についたので購入してしまった。二人用で、ふかふかなソファー。なんで目についたのかしら。

　紅茶を淹れて、ソファーに座る。「うーん、落ち着く」一口飲んでホッとする。背もたれに寄りかかり軽く目を閉じる。ふかふかなソファーに包まれて段々といい気持ち。トロンと頭の中がぼやけてくる。ふわーっと体の力が抜けてぽかぽか太陽の光を浴びているみたい。甘い花と果実の香りがする。金色の光が七色に変化したり、柔らかいマシュマロが体を包み込んだり、まるでそう天国というような感じ。なんだろう、この気持ちよさは意識が遠のいていく……。

　目覚めたら、朝5時だった。心地いい目覚めだった。久し振りに笑った気がする。

　ソファーから立ち、シャワーを浴びにいった。

　とても気持ちいい眠りだったな。夕ごはんも食べないで、着替えもしないで、何もしないでソファーで寝てしまったけど、爽快だわ。

今日の仕事は順調そう。朝ごはんを軽く済ませ身支度をし、仕事の用意をしても余裕の朝だった。

　会社に着くと同僚の男性の加瀬さんが挨拶してきた。

「おはよう。江藤さん。早いね」人懐っこい笑顔の加瀬さん。

「おはようございます」私も挨拶をする。あら？　何故か知らないけど、加瀬さんが私の方をチラチラ見ているような気がする。

　それから毎日、何故かソファーで寝てしまい、爽快な毎日を送っていた。そして毎日加瀬さんの視線を感じていた。とうとう今日加瀬さんから誘われた。

「江藤さん、今日江藤さんの家に行っていいかな？」人懐っこい笑顔で大胆な事を言ってきた。私は一応独身の一人暮らしなんだけれど。私が躊躇していると

「あ、別にごはんとか食べに行く訳ではないよ。そのー」少し言いづらそうに加瀬さんが言った。

「毎日、江藤さんの家で寝ている夢を見るんだよね。だから、原因を突き止めたくて」

　私は驚き、あのソファーと何か関係があるのかと思い、承諾した。

「お邪魔しまーす。さすが女性の部屋。ソファーが素敵だね」
加瀬さんは例のソファーを褒めた。「良かったらソファーでく
つろいでいてね」私の部屋に加瀬さんが来てソファーに座った。
すると、パタンとソファーで寝てしまった。
　「加瀬さん、ちょ、ちょっと、起きてよー」私は加瀬さんを起
こしたけどすやすや寝ている。もしかしたらあの状態なのかな？
私は今夜はベッドで久しぶりに寝た。

　朝起きると、もう加瀬さんは起きていて私が起きるのを待っ
ていた。
　「おはよう。ありがとう。江藤さん」人懐っこい笑顔で言った。
　「夢の中で初恋の少女にあったよ。一回だけ見かけた子でね、
色白の長い黒髪の女の子でね、ホテルのロビーのソファーに座っ
て、ピアノを弾いていた。話した事もないけれどソファーで座っ
てピアノを弾く姿を俺は見ていたんだ。それきりでずっと心残
りだった。一度でいいから、笑った顔が見たかったとずっと思っ
ていた。だけど、昨日の夜夢の中で会ったよ。ソファーに座っ
て微笑んでいた。それで、心のわだかまりがスーッと消えたん
だ。江藤さん、家のソファーで寝て安らかになったんだ。きっ
と、初恋を成就するためにここに来たんだと思う。ありがとう」

私は妙に納得できた。このソファーはそんな力があると思う。
「良かったね。笑顔が見られて」私は笑って言った。

　それから、時々加瀬さんとごはんを食べに行ったり、コンサートやドライブに行ったりする仲になっていた。
　勿論ふかふかな二人用ソファーも毎日笑顔で天国にいるような心地にしてくれる。

♡1, 2, 3ジャンプ♡

　バレーボールをしていた。1，2，3と両足でジャンプした。トスを打つ。バーン。コースはストレート。相手コートに落ちた。決まった。着地すると、あれ？　ふわんふわんとしている。思わず転ぶ。

「な、何？　一体？」

　足元を見ると体育館のコートから自分のベッドの上に立っていたのだった。ベッドの上。一体何が何だか分からずあたりを見回した。

　私の部屋だ。時計を見る。5月2日、23：18。えぇー、今日の夜になっている。バレーボールはどうなったのだ？　窓を見る。暗い、夜だわ。そうだ！　日記！　机の引き出しから日記を取り出した。5月1日、5月2日。1日は書いてあるけど今日は書いてない。

「うーん」

　そうだ！　下に行って両親に聞こう。階段を下りて、まずキッチンに行って水を飲む。さっきまでバレーボールをしていたから喉がカラカラなのだ。格好はパジャマだけど。

「さて」

両親の部屋をノックする。

「何よ。仁子寝ていたんじゃないの？　バレーボールをしてクタクタだーってすぐ寝たでしょ」ファーと欠伸をする母。

「そ、それ、バレーボールどうなったの？」私は食いついた。

「どうって、クタクタだーと言ってすぐ部屋に行ったでしょ」

　？？？　分からない？　私に何があったのだ。これ以上聞いても分からないので部屋に戻った。

　ベッドに座り思いついた。ここでまたジャンプをしたら戻るかも。急いで立ち上がりベッドの上でジャンプした。1, 2, 3ジャンプ！

　するとユニフォームを着て着地していた。

「ナイスコース！」「ナイスキー！」とハイタッチ。良かったー！！　さっきの場面に戻っている。

　しかしここからが大変だった。1, 2, 3とジャンプする度にベッドの上でパジャマになり、1, 2, 3とジャンプして、ユニフォームになりコートに戻りコマ送りだった。

　クタクタだー。やっと試合が終わった。倍ジャンプしたわよ。

　今日は夕飯食べる気もしない。すぐ寝よう。やっと「クタクタだー」って言って寝た意味が分かったわ。疲れた。

ベッドに入り急に思い立った。もしかして、23：18に起きないよね？！

　そして、やはり私の思った通り23：18に起き、昼間と同じことが起こった。仕方なくベッドの上で1，2，3とジャンプし続けもう一試合したのだった。

　疲れた。試合に勝って良かったわ。負けていたら疲れ４倍。
「何なのよー、これ」

　今度1，2，3，4，とジャンプしようかしら。いやいや、エースからジャンプしないリベロにポジション代えよう！　いやいや、相手コートのない壁打ちスカッシュしよう！

♡幸せの印♡

　何だか急にお茶が飲みたくなった。でもいつものティーセットでは物足りなくて、新しいティーセットを買いに行った。
　ハートの形のお茶のポットにハートのティーカップ。ハートのソーサー。白の器で統一して。

　何故かハートの形にしたかった。

　玉露の茶葉をハート型のポットに入れた。お湯を注ぐ。
　茶葉が蒸される。何だか心臓がきゅんきゅん、ドキドキしてきた。
　そういえば心臓もハートだわ。ハートのドキドキの鼓動。
　お茶が蒸されるのを待つときめきは、ハートの音なのね。お茶を待つ幸せな時間の音ね。そして、ゆっくりとハートのティーカップに注いで味わう。

　お茶ってこういう風に飲むのね。心臓、ハートで感じるのだ。
　そして、自分の好きな人と話して……。
　幸せの印がハートの形。

待つ音ってハートで感じる。お茶も待って楽しむ。

　好きな人を待つ時もきっとハートで感じるのね。きゅんきゅん、ドキドキ。

　幸せの印見つけた……。

♡茶色の紙袋とバゲット♡

　スーパーのビニール袋ではなく茶色の紙袋に憧れた。勿論袋から出ているのは長ネギでなくバゲット。初めてバゲットを食べた時は少し硬くて塩気がして美味しかった。

　ある日、郵便受けを見ると駅前のスーパーの広告が入っていた。何とびっくりした事にそのスーパーの写真の袋は茶色い紙袋だった。

　早速次の休みの日にスーパーへ行った。店内の一階は食品と雑貨が少し陳列している。ぷうーんとパンのほのかな香りが漂ってきた。パン屋さんが入っているらしい。茶色の紙袋に合うバゲットを購入！　いそいそとレジの方へ行った。

　そして憧れの茶色の紙袋にバゲットを入れスーパーを出た。さっそうと歩く。みんなが私を見ている、と思いながら歩く。

　前からジャージ姿の男の人が歩いてきた。こっちを見ている。

　ちょっとドキドキしてよく見ると、小学生の時に家庭教師をしてくれた近所のお兄さん。

「久し振り。今何しているの？」先生は笑顔だった。

「出版社で働いています」と私。

「ウォーキングの途中なんだ。あれ？　駅前のスーパー行っ

たの」

「はい。広告を見て」

　私は先生を見た。休日らしく無精ひげなどはやしている。

「あのスーパー品物いいよね。広告もいいよね。俺、広告代理店で働いているんだ。そう、出版社で働いているの。凄いね」

「いえ、私はただの事務員ですから。広告代理店の先生とは違います」先生を尊敬の眼差しで見た。

「立ち話もなんだからその公園に行こうか」近くにある公園へ向かった。二人でブランコに乗った。私はバゲットの半分を渡す。「ありがとう。いいの？」

　キコキコブランコに揺れてバゲットを食べる先生と私。飲み物ないと喉につかえるかな。

「なぁ、半径×半径×3.14覚えているか？」と先生。バゲットを食べる先生。そして先生は空を見る。

「俺はこーんな円柱のバゲットも焼けないしブランコで一回転も出来ない。本当に君に算数教えたのかな」「……」

「広告って物凄く人にインパクトを与えるんだ。そうして宣伝する。だけどさ、それでいいんだろうか？　見てみろよ、空が凄いな」と空を指す先生。空は真っ青で綺麗だった。

「本当。真っ青」と私。

「こういう事を伝えるのが本当の広告だと思う。そのスーパーの紙袋スーパー名は入ってないけど、紙袋自体が広告みたいなもんだ」バゲットを食べ終え立ち上がる先生。

「出版社でいい本出版しろよ。今日少しだけ半径×半径×3.14分かった気がするよ、丸くならないとな」

「……」

　私は何故スーパーの茶色の紙袋に憧れたのか分かった気がした。少し丸くなれた気がした。

♡ジャスミンの花♡

「ジャスミンの花って白い羽が揺れているみたいで綺麗ですね」
　公園でジャスミンを見ていたら、男の人が話しかけてきた。ちょっぴりびっくりしたけど、何とも可愛らしい表現だと感心した。「ロマンチストなんですね」私はジャスミンの花を見て、白い羽なんて思ったことない。ジャスミンの花の香りが漂う。春の匂い。
　その時、風が吹いて一つのジャスミンが羽のようにクルクル回って、男の人の目の前に行った。男の人はニコッと笑い、目を閉じた。

　私は驚いた。その目を閉じた顔が亡くなった、幼馴染のトヨ君に似ていたから。小さい時一緒によく遊んだトヨ君。ぜんそくが悪くなって亡くなってしまった。トヨ君は今頃、天国にいるのかな。
　男の人は目を開けた。
「羽がはえたんだ。ジャスミンの羽もらったから。走れるよ、玲ちゃん」
　やっぱりトヨ君！「大人になったの？　生きていたの？　ト

ヨ君？」と私。

「ううん。ジャスミンの魔法もらったんだ。僕が走れない時、玲ちゃんが『私がトヨ君の羽になるから走れるよ』と言った時に、僕の目の前で一つのジャスミンの花がクルクルと羽のように舞っていたのを見たの。その時に目を閉じて、今ここにジャスミンの羽で飛んできた」

「じゃあ、トヨ君は……？」ジャスミンの香りが漂う。

「ジャスミンの花が咲く時だけ玲ちゃんの前に現れるの。ありがとう、玲ちゃん」

ふわ～っと風が吹いた。クルクルとジャスミンの花が舞った。

……いない。トヨ君の姿はなかった。

後日、私は彼の車に乗っている。

車内で彼は言う。

「ジャスミンの香り、玲の香りって覚えたよ。で、子供の頃よく遊んだ公園に何しに行くの？」

「ジャスミンティーあげに行くの。羽やすめに飲んでねって」と私は笑って答えた。

そして彼の笑顔が目を閉じたトヨ君の顔とそっくりな事に気が付いた私だった。

♡全ての物に祝福を♡

　公園にある街灯。その下のベンチで彼氏とお月様を見ていた。街灯の明かりで月の光がボーッと少し弱い。彼氏の横顔を見ながら考えた。夜空の星たちは満月の時は満月という街灯で星が見えないのだろうな。

「あ、君から絵葉書届いたよ」と言った彼氏は私が贈ったラブレターをポケットから出した。私はそれを奪う。

「う、失敗だわ」湖と月が綺麗なのだが、星が見えない。

「何が失敗なの？」と彼氏。

「星が見えないのよ。夜空って満月が主役なのかなあ。今日は満月だけどさらに街灯で空が明るい。星は脇役ね」

「そうかな。月に映えるよ、星って。主役も脇役もないでしょ」

「う、ん？」と私。彼氏が続ける。

「視点を変えるとみんな色々な役になっている。月だって昼間に出ている時もあるし」

「でも主役の感情が一番観客に届くわ」私は彼氏に負けぬよう必死に反論する。

「感情移入は人それぞれだから」と彼氏。

「でも、よく自分の人生の主役は自分っていうわ」なんか星か

ら離れてきたような反論だわ。

「でも人から見たら主役ではないよ」彼氏は続けて「きっと光の弱い星もその星の近くでは光り輝いている」

　彼氏は立ち上がり周りの人を見た。会社帰りのサラリーマンもマラソンしている学生もいる。

「満月が綺麗だな。ラブレターサンキュー」彼氏が私に笑いかけた。街行く人みんなが全て光っている。彼氏は主役脇役なんて考えてなかった。

　そして彼氏は私に全ての物に色々な面がある事を教えてくれた。それを表現したくて、色々な人や物が色々な視点で見られるように宇宙はなっている。そうやって、みんな生まれてきたのだと分かった気がする。

♡桜♡

　三月の冬のかけらが残る日だった。「桜の木の枝に蕾が膨らみかけてきたのに、また冬のようだわ」と一人の女性が桜の木を見ながら溜息をついた。

　ふいに思う、蕾の夢を。これから美を約束される為に少しずつ膨らむ蕾の夢。

　女性は成熟したと思ったことはない。まだ蕾のような夢を持っている。しかしまた、美を追求してしまったともいえる年だった。「否。肯定するのだわ。桜の木は枯れない。いつまでも少女のように夢を持ち続けよう……」

　その時、一つの蕾が美しく可憐に優雅にふわりと開いた気がした。

　三月も半ば。蕾の希望に乗って春の風が吹くだろう。

　春。三月の下旬。私立桜高校の卒業式は桜で満開だった。卒業式を終えた一人の少女が、校庭の桜を見ていた。満開の桜から一枚一枚ふわりと花弁が舞っていた。

　目が澄んで輝いている少女だった。少女は手を広げて言った。「桜よ、舞って散っていって。私を包んでちょうだい」花

弁が少女を包んでいた。

　すると後ろから「桜は咲いているから美しいんだ」と少年の声がした。

　少女は驚いて後ろを見た。意志の強そうな口元とあどけない子供らしさが残る少年が立っていた。同じ卒業生らしい。

　少女は目をまん丸くして言った。「桜は散るから美しいのよ」
その挑発的な態度に少年はムッとした。そしてきっぱりと言った。「桜の命は短い。だから咲いている方が美しい」

　二人はにらみ合った。

　その時、風が吹いた。二人の間にふわりと花弁が一枚舞った。

　ふわりふわりと縦横に、くるりくるり舞った。二人の目は花弁に奪われた。

　静かにゆっくりと二人の間を舞い、地面へ降りた。ふわりふわりと……。

　舞った花弁が散っていても、咲いているかのように何とも言えず美しい。

　思わず二人は目を合わせ、笑い出してしまった。

　少女は笑顔で手を出した。「私は、今日式をした卒業生よ。

よろしくね」

　少年も「自分も卒業生だ。よろしく」笑顔で握手した。

　二人の卒業生が桜の木の下で、花と共に友達となった。

　春へと暖かな風が吹く四月の花曇りの日、桜が散りかけていた。春の暖かな風の力で桜の花弁がふわりふわりと、まるで一粒の涙のように舞う。

　その花弁を見て私は回転をした。今までの事を忘れるように……。

「もっともっと舞って。忘れさせて」

　自分が泣けない代わりに桜が泣いてくれる。

　そして散るのだ。私の思いも桜。

　普段回転などした事のない私はうまく回れない。

　しかし涙の花弁は見事に美しく舞うのだった。こんな美しい引き際もある。

　懸命に回転する。何かが変わる気がする。思いを引きずらない、散ってしまおう。

　涙の花弁と共に笑みがこぼれてきた。

　そしてまた咲こう。

♡ベリーベリーストロベリームーン♡

　友達の小夜が苺のお土産を持って家に遊びに来た。ガラスの器に苺と練乳を入れてテーブルにだす。
「苺はケーキにしてもこうやって食べても美味しいよね」小夜とおしゃべりなどしつつ、苺を食べる。
「白い苺もあるんだよね」と小夜。私は「美味しいのかな」と苺を食べる。
　小夜が話し出した。
「女子高生の時原宿のクレープ屋さんに行って、ベリーベリーストロベリーというクレープがあったの。ベリーが三つもある！と大笑いしたの。良い事あるねって。あの頃は何でも新しくて新鮮だった」
　私は妙に納得して言った。「そう！　女子高生の時は何でも新鮮だった。フレッシュ！」
「何も英単語にしなくても……」小夜が続ける。
「でね、苺を食べる度に思うの。ベリーベリーストロベリーを大笑いした新鮮で前向きな気持ちを持ち続けていられるようにって」
　ガラスの器の苺はなくなる。二人は笑った。

小夜が帰り、旦那が帰ってきた。

「苺大福買ってきたよ」旦那がお土産？　珍しいこともあると驚いた。

「食べようぜ」旦那は苺大福を一つ取り口にする。私も一つ頂戴することに。

「今日は苺の日だなぁ。ベリーベリーまできたからもう一回ストロベリーがあるかな」

　私が苺大福を食べながら言うと旦那が「何だよ、それ」と聞いてきたので、ベリーベリーストロベリーの話をした。

「なるほど。ベリーベリーストロベリーね」と旦那。

「ね、もう一回ベリーがありそうでしょ」苺大福を食べ終えて私は言った。そうすると旦那は微笑み「ベリーベリーストロベリーあったよ」とベランダへ向かった。

　窓の外を見ると赤い満月。綺麗。

　旦那が「初夏の満月は赤く見える時もあるんだ。ストロベリームーンというんだよ。まさにベリーストロベリーだろ」

　二人でストロベリームーンを見た。二人の仲も小夜の言う通りベリーベリーストロベリーの気持ちを持ち続けていられたらいいな、と思った。とても綺麗なストロベリームーンだった。

　いえ、ベリーベリーストロベリームーンだった。

♡スイマー♡

　私は睡魔に襲われた。そして、スイマーの夢を見た。水の中で戦っている。両隣を牽制しつつ泳ぐ。私は泳ぐ。ターンをする。

　そこで、はっと目が覚めた。スイマーじゃないよ。全く。両隣は会社の先輩だ。パソコンの前で10秒ぐらい寝ていたらしい。このデーターを入力せねば。睡魔と戦った。

　右隣の先輩をちらっと見る。くしゃみをして鼻をかんでいる。どうやら花粉症と戦っているようだ。

　左隣の先輩をちらっと見る。お腹がグーグー鳴っている。どうやら空腹と戦っているようだ。どちらも大変そうだ。

　あれ？　私はさっきのスイマーみたく両隣を牽制しつつ泳いで……、いや、仕事をしているみたいだった。

　書類を取る為に椅子をターンさせた。ゴチン。書類の棚にぶつかり、書類がたくさん落ちてきた。
「あー、余計な仕事増やした！」
　両隣の先輩方が一緒に書類をかたづけ始めた。すると目の前の書類に目がいった。
「こ、これは」

仕事のやり方が書いてあるメモだった。

　右隣の先輩が「懐かしいー、桜井先輩の書いたものよ」クッションとくしゃみをしながら言った。「えっ、『花粉症の時はファンデーションをべったり塗ると念力でくしゃみが止まる。』試してみよう！」

　左隣の先輩が「桜井先輩のメモ見せて」グーグーお腹が鳴っている。

「『お腹が空いた時は、息を吸ってはいているとそのうちおさまる。』試してみよう！」

　私は桜井先輩を知らない。しかしメモを見た。

「眠くなった時はくしゃみをして、お腹を空かすと気が紛れる」と書いてあった。

　私は両隣を見て「あーあ」と溜息をついた。そして書類を片付け始めた。

　ね、ねむい……。

♡雪山の男♡

　シャンプーを泡立てて髪の毛を洗っていた時、目をつむって
いたらある男の人のイメージが浮かんできた。雪山にいて髪の
毛ぼさぼさ、髭ボーボーの男の人。この人は一体誰？　シャワー
で泡を落としたら消えた。

　ポンポンと髪の毛をタオルで叩いて乾かしていると、居間で
お父さんが写真を見て「おー」と言っていた。「懐かしいなー。
今井。現在は何をしているのだろう？」私は興味半分「誰？」
と写真をのぞいた。私は驚いた。写真に写っている人はさっき
の雪山の男の人。髪の毛と髭はさっぱりしているけど……。
「こいつは、今井と言って父さんの大学時代の同級生で山岳部
にいたんだ。だが、山に魅せられて山に住みついてしまった。
今は音信不通でどうしているか分からない」そこで話は終わっ
た。お父さんの同級生？　何故そんな人がイメージされたのか
しら。

　また髪の毛を泡立ててシャンプーで洗い始めたら雪山の男が
出てきた。そうしたら今度は男が話し始めた。
「どこの誰だか分らない人、ありがとう。俺はずっと山の中に

いて髪の毛をシャンプーで洗う事が出来なくなり、シャンプーする事を夢見ていた。あなたを通じてシャンプーのイメージが浮かんできた。ありがとう。俺はもうじき死ぬ。そしてこの山の一部となって永遠に生きるだろう」

ザーザーとシャワーで髪の毛の泡を流したらイメージの中の男が消えた。

私はお父さんのところに行ってこの話をした。

「今井は亡くなった母さんの事が好きでな、母さんを山に連れて行こうとしたんだ。母さんはお父さんに助けを求めて、父さんが今井と喧嘩して、そして母さんと結婚したのだよ」

「今井さんはどこの山にいるか分かる？」

「父さんには分からない」

私は腑に落ちた。

雪山の男（今井さん）は最期に母さんにひと目会いたかったのとシャンプーしたい願望が一緒になったのね。そうして巡り巡って私のところにイメージになって来たのだわ。

きっと雪山の男は幸せだったのだろう。最期まで山を降りなかったのだから。今、山と結ばれて山の一部となって永遠に生きているのだろう……。

♡天狗の鼻♡

　眼鏡が落ちてきてしまう。鼻が低いから。これを機に（何の機に？）コンタクトに変えた。コンタクトにしたら目が寄って今度は鼻に目がいっちゃう。低いのに。

　友達の喜子に相談してみた。

「鼻は詰まってない？　鼻炎でもない？」鼻についての質問が飛んだ。私は「何ともない」

　と答えた。「だったら、問題なしよ。慣れたら忘れるわよ」と喜子。

「そうね」と私が言った。

「気にしない事よ」なんて会話してそれぞれ帰途に就いた。

　夜、コンタクトを外して、ベッドに入った。スーッと寝息を立て始めるとぽわ〜んと天狗が浮かんできた。

「わしらは眼鏡をしてもコンタクトをしても鼻が邪魔して口が見えなくて食べ物が食べづらいんだ」そして象が出てきた。「いっそ、象のように鼻で食べたい」ぽわ〜んと浮かんできた天狗。

　セリフのあほらしさに笑った。特徴ってシンボルだけど、苦労もあるのね。鼻が邪魔して食べ物が見づらく食べづらいとは

……、鼻高々だと眼鏡が似合うけど天狗ほどになると食べ物が見えなくなる、ジレンマ、矛盾。何でもほどほどがいいのね。

　翌朝。コンタクトをして、顔の下を見るととがらせた口や舌が見えるので鼻はそれほど気にならなくなっていた。天狗に感謝。よく天狗の鼻をへし折るというけど、天狗は折ってもらいたいかも。何でも自分の立場から考えてはだめだわ。人それぞれなんだね。

　しかしコンタクトを考えた人は鼻が低かったのでしょうか？疑問です……。

♡三位一体＝4♡

　向かい合わせ四人座りのボックスシートの列車に女子高生とカップルが向かい合って座っていた。仲良さそうなカップル。女子高生は微笑ましく思い、見ながらスティックを食べていた。ふと、クッキーをカップルにあげたい欲求にかられた。
「あの、良かったらですが、このクッキーを召し上がりますか？」
　カップルの女の人がニコッと笑い「どうもありがとう。頂きますね」と彼氏の分と自分の分と一本ずつとった。三人でクッキーを食べた。
「スティック状のクッキーって数字の1みたいですよね」と彼氏。
「三人で食べて三位一体！　神と子と聖霊でなく人が三人だけど」と彼女。
「ボックスシートは四人掛け。スティックのクッキーの1が4本でしょ。私に彼氏が出来たら世界平和記念日に座りたいな。11月11日、4だから」と女子高生は続ける。
「そうだ！　車だと運転する人はハンドルを握っていて、クッキーを持てないから、食べさせて三位一体＝4で食べたいですね。列車だと運転しないから四位一体になっちゃう！」と女子高生。
　みんなで笑った。

♡手繋ぎオニ♡

オニが触った人がオニと手を繋ぎオニとなり、みんながオニとなる遊び。

高校のキャンプで手繋ぎオニをやる事になった。オニはあみだくじで決めた。するとオニは沢代君になった。私、佐知子はもしかしたら、沢代君と手を繋げるかもと期待した。キャンプ場にみんな散らばる。しかし沢代君が一番最初に捕まえたのは亜美だった。そうなのね。沢代君、亜美のこと好きなんだ。

すると、根津君が私にぼそっと言った。「俺、ガキの頃手繋ぎオニで逃げ回るの得意だったんだ。今思うと嫌われてたんじゃねーかと気が付いたよ」根津君は続ける。「最初にオニになった事なかったよ。最初のオニ気分ってどうなんだろうって、沢代見たら思った」

私は言った。「きっと最初のオニの二人一番楽しいよ。ずっと手を繋いでいるんだよ」

手つなぎオニは終わり夕食作りになった。夕食はカレーライス。みんなめいめいに仕事につく。沢代君と亜美は一緒に野菜を切っている。楽しそう。そこへ根津君がやって来た。「佐知

子、米といでよ」そして「本当に沢代楽しそうだな」だって。

　一人でお米をといでいると悲しくなってきた。お米をとぐって一人仕事なんだなあ。手が冷たい。とぎ終わってみんなのとこへ行く。根津君が私を見てにっと笑った。

「佐知子、サンキュー！」

　突然私の両手を握った。「あったかいでしょ」

　私はびっくりした。でもあったかい……。

「俺、最初のオニなの」

　二人が手を握り合っているとみんながやいやい騒ぎ出した。

「何だ、お前ら二人出来ているのか？」

「もう、手繋ぎオニは終わったぞ！」

　私は何だかドキドキして急に根津君を意識した。そして、実を言うと根津君と同じで小さい頃から、最初のオニにもつかまらなかった。一人で逃げ回っていた。今日やっと最初のオニの二人になった。

　良いオニもあるのだね。あったかい……。

♡仲立ち7−7♡

　ある女の人の所に一通のメールが届きました。

　内容は「元気かい？　22世紀の世界は色とりどりの世界だよ。平安時代はどうかな？　このメールをこの住所に届けてほしい」

　そんな内容でした。宛名はベガ7−7と書いてありました。何と平安時代宛にメールが届きました。女の人はびっくりしましたが、メールの通りに便箋と封筒で送りました。

　ポストに入れ、しばらくすると女の人の所に手紙が届きました。

　内容は「元気です。平安時代でのんびりしています。こちらも自然が色とりどりです。アルタイル7−7のメルアドへお願いします」でした。

　女の人は手紙通りにメールで送りました。何故、自分の所に過去と未来の手紙交換の仲立ちが来たのか分かりませんが言われた通りにして、しばらく様子を見る事にしました。

　7月7日の夜、女の人は彼と七夕の彦星、織姫を見ていました。すると彼が言いました。

「彦星、織姫って世界ではわし座のアルタイル、こと座のベガというんだよ」この言葉に女の人はまたびっくりしました。仲

立ちの住所にもアルタイル、ベガがあったからです。

　その晩、女の人はメッセージのような不思議な夢を見ました。
　アルタイルとベガは一つの星だった。ある雷によって時間軸がずれ、アルタイルは未来へ、ベガは過去にと分かれてしまった。二つの星は地球から見てアルタイルが未来、ベガが過去だった。
　未来に行ったアルタイルは時間軸を一つにしてベガと一つになる研究をしていた。二つの星の時間軸は地球の日本の時間軸にするとちょうど平安時代と22世紀だった。そして、地球の空間軸と時間軸と重なり、地球を通じて連絡を取り合う事が出来た。そして22世紀、一つになることに成功した。この時二つの星は一つになった記念に連絡を取り合う事が出来た地球に七夕の物語を作った。
　こんな不思議な夢でした。
　女の人は目が覚めました。
　七夕の彦星、織姫が一つになる事を喜び、また仲立ちをした事を嬉しく思い祈りました。
　彦星、織姫も将来一つに結ばれるのです。地球は天の川の様な役割だったと女の人は思ったのでした。

この話は21世紀地球時間です。過去も現在も未来も同じパラレルワールドにあるのです。

♡鱒♡

　デパートの化粧品売り場を友人と歩いていた時ふいに浮かんだ。

「シューベルトの『鱒』という曲を知っている？」私の言葉に友人が「え？」と聞き返してきた。

「私ね、小学生の時にこの曲を、おしゃれな鱒〜が♪　って鱒がパタパタファンデーション顔に塗っているイメージで聞いていたんだ」きっと化粧品売り場にいたから思い出したんだ。

「鱒って……、魚だよね？」友人が不思議そうに私に聞いてきた。

「そう、富山の鱒寿司で有名な鱒」

「美味しいよね〜って、なんで鱒が化粧するのよ」と友人が突っ込んできた。

「だって、頭の中に浮かんできたんだもの、小学生の時に。パウダーパタパタして、魚の鱒がおしゃれな〜って、シューベルトの曲に合わせて化粧するの」あほらしいとは思ったがこのイメージを思い出したから仕方ない。

「ねぇ、『鱒』って意地悪な釣りの曲だったと思う。壮大な曲でもあるけどね」と友人。

「えぇー、そうなんだ。初めて知った。何で化粧していると思ったのかなぁ」と私。

「小学生の時は世の中謎だらけだからね。あ、口紅を見ていい？」

「うん」

　などと、他愛もない話をしながら、買い物を続け帰途に就いた。

　帰ると母が「物産展で富山の鱒寿司買って来たわよ。夕ごはんよ～」と鱒寿司を出してきた。私は鱒の関連にびっくりしたが、鱒寿司は好きなのでテーブルにつき「いたただきまーす」と手を付けた。

　すると、テレビからシューベルトの『鱒』が流れてきた。タッタッタッタッタータアータ♪

　あ、化粧しているイメージと思ったら、母がコンパクトを取り出しファンデーションをパタパタさせ音楽に合わせて化粧を始めた。私は目が点になり「おしゃれな鱒～が♪」がグルグル頭の中を回った。これは一体何なの！　鱒の魔法？

「お母さん、どうしたの。急に化粧始めて」鱒寿司を食べながら言った。

「実はねー、今日結婚記念日なの。お父さんは照れ屋なだけで、釣った魚に餌はやらないタイプではないけれど、ここ数年何もなしでしょ。だから、ちょっと刺激を与えようと思ってね」と母。

『鱒』確か釣りの曲だとか言っていた。おしゃれな鱒が〜♪なんていう歌詞などないけど、小学生の時のイメージとぴったり合う。歌詞を勝手に考えたんだけど。

「お母さん、この鱒寿司の鱒も釣られたのかな？」母は化粧をやめ鱒寿司を一個取った。

「そうね。餌で釣られて食べられてもこの鱒寿司のようにお母さんのようにいつまでも美味しくいなさいね。結婚してもいつも綺麗にしてなさいって事。夫婦円満の秘訣」と言い食べた。

そこへ「ただいまー」と父が帰ってきた。居間に入るなり母に「今日は綺麗だね」と笑いかけた。続いて「出張に行っていた同僚のお土産、富山の鱒寿司。そして、母さんには結婚記念日の花だよ」と鱒寿司と花束をだした。

私と母は驚いた。

だけど何故、おしゃれな鱒が〜♪　って、歌詞が浮かんできたんだろう。今日は不思議な一日だった。いつまでも餌で（？）釣られ（？）美味しく、綺麗に、夫婦円満の秘訣かあ。魚の鱒も水の中で化粧してたりして。

今日は結婚記念日おめでとう。お父さん、お母さん。

♡おばあちゃんの夫♡

「『不思議国のアリス』のような地下に世界があると思うのね」と友達の奈美代が言った。

「例えば死後の人が行くような世界」とびっくり仰天な事を言った。

「そして入り口は地下道でなくお墓でないといけないの。これはね、あたしの夢に出てきたおばあちゃんが言ったのね」私は奈美代の話に興味を持つ。

「おばあちゃんがいる地下の世界では死後の世界だからこの世と違う時間軸で動いているの。みんな年老いて死んでも若い頃の姿になるのよ」

私は頷く。

「たま〜にアリスのように生きたまま地下の世界に行っちゃう人もいるの。でね、どうしておばあちゃんが夢に出てきた話をしたかというとね」奈美代は続ける。

「おばあちゃんがあたしにお願いをしに夢に出てきたの。ここからが話の本筋」

私は身を乗り出した。

「おばあちゃんは再婚しているの。あたしのおじいちゃんは再

婚した夫。前の夫はおばあちゃんと関係を持つ前に不幸にも事故で亡くなってしまったの。そしてね、おばあちゃんはその前の夫とあたしを結婚させたいの。地下の世界で夫が二人もいて大変なのだって」

　私は奈美代の話に耳を疑った。

「おばあちゃんは奈美代はまだ死んでないから地下の世界に入れない。けれどもアリスが地下の世界に行けたように方法があるの。満月の夜、お墓の拝石をどけて中に入れば地下に行けるからって。それで是非、前の夫と結婚して欲しいって。あたしね、信じているの。おばあちゃんの夢の中の話。だから、満月の夜お墓に行くわ」

　私は奈美代の話を半信半疑で聞いていた。

　それから、奈美代は突然姿を消した。失踪、行方不明となった……。

　そんなある日、私はアルバムの整理をしていた。私は驚いた。一枚の不思議な写真が出てきたからである。その写真は奈美代が知らない男性と腕を組んでいて、奈美代にそっくりな女性とその隣に男性、四人で写っている写真だった。何故私の家にこ

んな写真があるか分からない。

　ただ、私の推測だと奈美代は無事に地下の世界に辿り着いたのだ。その写真で奈美代にそっくりな女性は奈美代のおばあちゃん。地下の世界は年老いても若い姿になるらしいから。隣の男性はおじいちゃん。

　そして、奈美代と腕を組んでいる男性はおばあちゃんの前の夫。きっとおばあちゃんの願い通り奈美代と結婚したのだろう。奈美代はそれを私に知らせたかったのだわ。

　世の中不思議な世界があるな。と私は写真を見て納得した。

♡ボタン♡

「ボタンって、後ろに穴が開いているのや、二つ穴は分かるけど、四つ穴ボタンはデザイン性以外に何の意味があるの？」

恋人の正也が突然、コンサートの帰り道に言い出した。二人揃ってぞろぞろと動く人の波に沿って駐車場に向かっている時に、この台詞！ コンサートの余韻はどうしちゃったの。

私は少し考えて「糸とボタンの強弱なのかな？」と言った。

正也は「俺はサー、四つ穴ボタンに宇宙の神秘を感じるんだよね。後ろ穴や二つ穴は俺には考えつくのだけど、四つ穴ボタンは考えられない、発想出来ないと思う」と頷いていう。私も「そうねー」なんて曖昧な相槌をうつ。

「四つ穴ボタンは宇宙人の能力だよ。きっと、人間の知らないうちにそっと置いて、プレゼントをしたのじゃないかな」正也は夜空を見ながら頷いて言う。

「そういえば私、学生の時学ランの第二ボタンもらったよ」

「何だよ、それ」正也が吹き出す。

「宇宙はグルグルのマーブルみたくなっているのかも。ボタンのふちの周りにグルッてぽつぽつ穴が開いていて、その穴を縫って、中心に二つ穴が開いて紐を通して玉結びにする。こんなボ

タンも宇宙人が置いてプレゼントするかもよ」私も言う。

「周りが穴！　よくそんなの思いつくな」「今、ふいに考えついたの」「ふう……。ん、あれ？　だけど、それじゃあボタンの意味ないじゃないか！」「だから、正也の言う四つ穴ボタンと同じデザイン性よ、宇宙人からのプレゼント」「そう。で、第二ボタンの彼とはどうなったの？」

　私はフフッと笑った。「ひみつ。なあ〜んて、今正也と付き合っているから何にもなかったよ」

「ボタン、プレゼントしようか？」正也の言葉に私はキョトンとする。

「スーツの第二ボタン」私は吹き出してしまった。正也が手を握ってくる。温かい。

「俺のＹシャツのボタンが取れたらいつもつけてくれる？」

「えっ」これはプロポーズ！　宇宙人だの個性的なこと言い出してきて、これが言いたかったのかな。そして、私は手をきゅっと握り返した。

「うん」手だけでなく心も温かい。

「あ、これプレゼント」ポケットから正也が綺麗にラッピングしてあるプレゼントを私に渡した。私はびっくりした。やっぱり、プ、プ、ロポーズ！　しかも、ボタンラッピング！「開け

てもいい？」開けたら雪の結晶のペンダントが入っていた。

「ありがとう」「と、第二ボタン」正也がスーツのボタンを外して私に渡した。

　二人手を繋いだまま、駐車場まで歩いて行った。ボタン一つで色々な表現出来る。ボタンを考えたのは宇宙人かも。そして、このプロポーズも宇宙人がそっと置いてくれたプレゼントかな。

♡証人♡

　私は小説家である。一つの物語を書き終えるとまた一つ書く。

　ある時夢を見ていた。宇宙空間に漂っている夢。

　あまたの星が誕生していく。この星一つ一つにストーリーがあり記憶されていく。

　私は目をそっと開けた。そして急いでペンを取った。私の書くストーリーは星の記憶。ストーリーが幾千とある。人の頭は幾千の星のストーリーの記憶から成り立っている。

　ペンを走らせ続ける。私はこのストーリーを書き終わらせなくては。だって、これは星の記憶の記録だから……。

　ペンが止まった。私は死んだように深い眠りについた。

　あまたの星が誕生した。

　また記憶されたのである。この広い宇宙では記憶を記録するものが必要だ。星の証を司るもの。その使命に耐えられるもの。

　それが証人。地球でいう物語を書く者だ。何故彼ら彼女たちはあんなに物語を思い付くのか?

　星の証人だからである。幾千もの記憶を記録する星の証人……。

私は目が覚めた。ペンを持つ。こんな日常を淡々と描いた物語が何故思い付くのだろう？

　でもペンは止まらない。

　そして幸せだ。こんな人生の人がいたら描いてくれてありがとうと言ってくれるかな。「ふふふ……」イメージが次々に浮かんでくる。

　どこかからふと聞こえてきた。記録にしてくれてありがとう。

　またあまたの星が誕生した……。

♡雨の匂い♡

　雨の匂い。

　雨の雫。

　雨はどこから来るの？

　水蒸気から雲になって、は野暮。しょっぱくないから、涙でもないし、汗でもない。

　星の雫。

　星々の人の意識の破片が降ってくる。

　だから、あの独特な懐かしい、雨の匂いがするの。

　その意識の破片とは何？

　雨の雫、人がイメージする時、ふっと降りてくる時インスピレーションはみんな雨の雫が落としたもの。空から降ってきたものなの。

　星々の人々の意識の破片。

　雨の雫。

　宇宙空間の星の光の意識の旅……。

　雲の上のことは星の世界。

懐かしい匂い……。

♡ハートの雨粒♡

　男の人は会社帰り、何故か清々しくいい気持ちでした。そして、昔の事を一つ一つゆっくりと思い出していました。

　そんな時雨が降ってきました。傘がないので濡れて帰る事にします。とてもいい気持でした。

　ふと、前を見ると美しい、懐かしいような女の人が歩いていました。

　雨粒がピンクのハートになって、その女の人の頭や肩に落ちていきます。男の人は女の人がとても懐かしく、そして安らぐ感じをうけました。

　ピンクのハートの雨粒がとくんとくんと女の人に落ちていきます。

　そう、まるで心臓の音のように……。

　男の人は幸せで心が温かくなります。そうして、女の人とすれ違うところまで来ます。ハートの雨粒が男の人に降りかかります。

　ますます、心が幸せ一杯になっていきます。女の人が、手を伸ばし男の人を包み込みました。

　男の人の頭の中はパノラマのように今までの人生の思い出が

出現し消えていきました。ピンクのハートの幸せがとくんとくんと包み込みます。

　とくんとくん、雨音がピンクのハートになって、踊ります。男の人は幸せの絶頂です。

　オギャー、オギャー。

　一つの星に新しい命が生まれました。

　雨の音が懐かしいのは天上界の光の中で聞いていたからかもしれません。

　これから起こる人生を夢見て。自分の心臓の音、ハートの音が雨粒の雨音になって地上に降り注いでいるのでしょうか？

　雨音はハートの音なのでしょうか……。

♡リボンと三日月♡

　友達とランチをしていたら友達が突然言い出した。
「学生の時ね、赤と白のチェック柄のリボンが布屋さんで売っていたの」サンドイッチをつまむ友達。
「一目見てどうしても欲しくて、お小遣い貯めて買ったんだけど、髪の毛に巻いたらなんでこんなリボン欲しかったのかしらって、急に嫌になって捨てちゃったの」
　私、香帆はおむすびを一口食べて、友達の話に耳を傾ける。
「その時思ったの。一目惚れとは満月の時の360度で、段々と欠けて三日月のように冷めてしまうのかなって」
　友達の話に胸がずしんとした。だって、私の彼は私の事を一目惚れしたらしくて、それがきっかけで、付き合ったのに、三日月のように欠けてしまったらどうしよう。

　その夜。ベッドから窓の空にある三日月を見ながら彼に電話した。そうしたら、嬉しい答えがあった。「安心してよ。360度香帆の事を見ているから。何があっても月は満月なんだよ。太陽の光が影になって地球で満ち欠けしてるの。だから、月はいつでも360度。いつも香帆の事見ているよ」

それから、彼と少し話して幸せな気分でいた。すると電話が鳴った。ランチをした友達からだった。

「香帆、昼間の話だけど今日の三日月を見て考えたの」私は友達の言葉に窓の外の三日月を見た。

「一目惚れリボンは現在ないけど、今凄く欲しいの」

「うん」

「月が色々形を変えるように、人の心も成長する。色々な感情になる。それでね、月は形を変えて満月になる。結局月は360度。それを教えたくて神様は月を作ったのかなと思ったんだ」

　私は三日月を見ている。

「ずっと、360度。一目惚れもきっとずっと好きなんだよね。今リボンが欲しいように。リボン好き。じゃあ、聞いてくれてありがとう。おやすみ」

　電話を切る。一目惚れは満月か……。彼の360度香帆宣言も聞けたし（ずっと満月だよね）今夜は三日月を見て寝ようかな。

♡三日月と雲♡

　いつも本音を隠していたの。ううん、分からなかった、と言うべきだろうな。
　ある時自分の本音に気が付き、分かったの。私は会社勤めでいつも愛想笑い、会話だって人に合わせている。自分の本音が分からなかった。太陽は大地から昇る筈だし、月も、星空にある筈なのだと。

　もし太陽や月に住めたのなら……。

　そんな考えなのに、私は小さな空間に住んでいる。
　人は小さい空間が好きだそうだ。子供の秘密基地なんてその典型。そしてその延長が、会社であり、国である。でももし太陽や月に住めたら。
　下手な宗教やSFのようだと思った。天国は太陽のようなところとよく言うもんね。

　私の本音は、小さな空間を出る事。
　小さい空間から出る事。そうすれば、自分の本音に正直にな

れる。

　しかしこの考えは難しかった。何故ならどこもかしこも小さ
い空間だらけだったの。一軒家もデパートも森も日本には小さ
な空間だらけ。
　海も舟に乗らなくてはならないので空間だと思った。パイロッ
トも大空を飛んでいるとはいえ、小さな操縦席の空間の中だわ。
　夜、空を見た。
　都会なので星はあまり見えず、三日月が見えるだけ。雲が三
日月を隠した。それを見ていたら小倉百人一首の紫式部の句を
思い出して、三日月が話しかけてきた気がしたの。
　めぐり逢ひて　見しやそれとも　わかぬまに　雲がくれにし
夜半の月かな
　人の心なんてこんな感じに分からぬうちに雲に隠れてしまう
ものかも。私の本音とは、隠れているから本音なのよね。
　いや、本当の事だから本音？　などと考えていたら、また三
日月が雲の間から出てきた。
　三日月が言った。
「ふわふわと漂う雲。会社でも空でもふわふわと漂い、時には
三日月を隠し、ふわふわと漂うの。愛想笑い、人に合わせる会

92

話はふわふわした雲のようなものよ。遠い昔から太陽と月は見てきたのよ」

「本音を雲に隠されないように太陽も月も小さな空間を作るの。太陽も月も小さな空間よ」

　三日月が言った。私は心が晴れていった。

＊百人一首がよくわかる　　橋本治　講談社　小倉百人一首57番

♡雲♡

　九州に旅行へ行った夜、彼に電話した。

「こっちは星空がすっごく綺麗。東京はどう？」

「曇っていて何も見えないよ」空は広いんだなと思った。九州の空は星いっぱいで東京の空は曇っている。電話から彼の声が聞こえてきた。

「ねぇ、雲は全て見ている気がするよね」

「えっ」

　思わず空を見る。星が全て見ている気がするけど……。

「雲は水蒸気からなるっていうけど、昼も夜もずっとあって形を変えて古代から見ている気がするなぁ」

「う、う、ん青空の日は？」

「雲隠れしている」彼の返答に思わず笑ってしまう。

「雲が雲隠れ……。でも、太陽も月も星も、昼と夜両方出ていないもんね。そう言われれば古代からいるのかも。水蒸気という事を考えなければ」

　会話は続く。

「ふわーっと漂っているけど案外全てお見通しかも。雲は移動できるんだぜ。この東京の雲も昨日は九州にいたかもな。しか

しいいなぁ、九州か。俺は明日仕事だよ」

　はぁーっと溜息が聞こえてきた。

「雲に乗って東京に行こうかな」私は言った。

「九州に雲はないのだろ」

「飛行機雲！」

「飛行機が飛ばなければいけないじゃないか」

「そうでした。でも東京も明日は晴れだよ。こっちが星空だから」

「その時、この雲は北の方へ行って、どこにいくのか。それとも俺のこの思いを、あーっ、雲の間から星が見えてきた！」

　彼が叫んでいる。「本当っ！　何の星かなぁ」

「分からないけど、すごいな」

「そうね。その星きっと九州でも見えている」

「うん。そうだな」

　電話を切った。その時九州でも雲が出てきた。一つの星を隠した。

「あれ？」あんなにいっぱいの星の中でたった一つだけ隠す雲……。

　さっき彼は何を言いたかったのだろう。

「俺のこの思いを……。」

たった一つの星だけ隠れた空を窓から見た。

雲は何でもお見通し。

「俺のこの思いを雲に乗せてお前のもとへ……。」

♡流星♡

　九州に旅行に行った。

　夜、彼氏に電話した。

「今晩は」

「ばんは〜」

　夜空を見た。星でいっぱいだった。

「ねー、空見て」と私。

「見たよ。半月が出ている」と彼。

「九州は星がいっぱいで、半月も出ている」

「東京はネオンで明るくって、半月だけ見えるなー」

「半月って、瓜二つではないよね？」私は続ける。

「何か二人で半月片方ずつ見て、合わせて満月って、気がするよ」

「なるほど……」と彼。電話は続く。

「俺は十三夜と三日月だな」

「どゆこと？」と私。

「俺の方が君を想う気持ちが重……あー！」

「な、あー！？」

「流星！！！！」二人揃ってシンクロした。

「見た！？」
「見た！？」

　同じ空を見ていた！
　新月も三日月も半月も十三夜も満月も同じ月。同じ重さ。
　流星が教えてくれた。
　二人で同時に見られる……！！！

♡雪の結晶♡

　雪の結晶は愛を語った人達です。雪の結晶と愛は一つだけです。また、星も同じものはありません。これらの万物は神様からの個性、賜物です。

　だから、星の輝きの形に雪の結晶の形が似ていて、愛し合う男女の目の輝きも雪の結晶の形に似ているのですって……。

　一人の天使の愛の話です
　ミルクと砂糖を合わせて、温めて、ホットミルクを天使は作りました。早速、誰かに飲んでもらいたくて人間界を見渡しました。

　工場に勤めている若い男性がいました。いつも寒々しく孤独でした。天使はこの男性の癒しになろうと決め、飲んでもらう事にしました。そして、男性を街の郊外にあるカフェへ導きました。

　しかし男性は、カフェなど来た事がないので、何を注文したらいいか分からなく、困っていました。天使はウエイトレスになり男性にそっと言いました。

「このホットミルクに星空を映して見て下さい」とティーカップをテーブルに置きました。

寒い夜空に星が輝きます。男性はカップを手に取り空を映しました。

白い液体なのに一つの輝く星が映り、そこへはらりと粉雪が落ちていきました。

星の輝きと雪の結晶とホットミルクが一つになりました。天使と星の輝きと雪の結晶がホットミルクに溶けていきます。

男性はゆっくりとホットミルクを飲みました。幸せを包んでくれるようでした。

男性は温かくなり思わず笑みがこぼれました。ホットミルクが包み込みます。体の芯から温まります。

男性はティーカップから目を上げてふと前を見ると、さっきのウエイトレスと目が合いました。

「お気に召しましたか」天使の笑顔でした。

男性の心はホットミルクに溶けました。

それから、星のような輝きをした二人の目が、世界にたった一つの雪の結晶として証しにされました。

♡夢・伝説の国♡

　私達、同級生7人は森に集まった。

「せっつん、本当にここから伝説の国へ行けるの？」その問い
にせっつんが答える。「俺の爺ちゃんの話によるとこの小さな
木々の間の石が入口だそうだ」と言う。

　けれ子が「じゃあさっそくみんなで試してみよう」と石の前
に立った。7人で大きな石をどかす。

7人だとそれほど重くはない。どかすと穴があった。お余田が
穴を凝視する。

「入るべし」

　梯子を下りて一人ずつ入っていった。中は暗くひんやりして
いる。さほど広くない。

「ここから伝説の国へどうやって行くのだろう」ヒトコはぎろー
に話しかけた。7人はあだ名で呼びあっている。

　すると、せっつんが声を上げた。「あーーー」

　皆、声でせっつんと分かったがどこにいるか分からない。

「ぁーーー」しだいに声が小さくなる。「……」やんだ。

　千登美はこわくなった。「せっつん、どこにいるの？」

　皆、せっつんを探す。

ぎろーは「ひとまず穴から出よう。せっつんがどこにいるか分かるから」と提案し皆、梯子をのぼって穴から出た。

　クウチャがおどおどし、「やっぱりせっつんいないよ〜」けれ子とヒトコとお余田とクウチャと千登美ぎろーは「もう一回行って来よう」

　梯子を下りてと穴へ入った。

　ひんやりしている。「おーい、せっつんっ」するとその時、何処からか声が聞こえた。

「この世界は観客を楽しませる技を持っているものを必要としている」

「誰だ！」お余田が叫んだ。

　けれ子が「そういえばせっつんは、バックダンサーを目指していたよね」ヒトコも「結構、テレビに出てたよ」クチゥャが「なんでもいいから、せっつんを返せ」と声に向かって言う。

「お前らはこの世界に入れん。事務員や美容師や介護士や医者や大工や営業マンは必要ない」

「なんだと！　観客を楽しませる職業が伝説ではないんだぞ」

「そうよ、事務員だって誇りを持っているわ」

　暗闇から光が出てきた。そこから人が現れた。

せっつんだった。物凄くやつれていた。

　また暗闇に戻った。「せっつん、大丈夫か！」皆がせっつんを囲む。

「あぁ、３年も一日一食でダンスの勉強をさせられた。物凄い世界だ。競争だ。戦争だ」

　千登美が「３年、まだ10分位しかたってないわよ。せっつん３年もいたの！」びっくりして言う。

　声がした。「この世界は競争に敗れたものは落とす。しかし、あながち無駄にはならん。夢とは破れた時こそ、違う形で叶うものだ。終わりだ」声はなくなった。

「伝説の穴とはよくいったわね」けれ子が言う。

「本当、せっつんが、一流ダンサーになるための伝説の穴だったようだな」ぎろーが言う。

「人それぞれの夢の道の修行があるのねぇ」ヒトコが言う。

「俺は大工で幸せだったからあの穴は必要なかったんだな」クウチャが言う。

「でも伝説の国って意外とつまらないね。職業が少ないね」お余田が言う。

「何にせよ、せっつんが、ダンサーとして成功してよかったわ」

千登美が言う。

　そしてせっつんは「今いる世界に感謝している。夢が叶ったよ。皆夢だったようで、夢が破れて、今また夢が叶ったようだ。不思議だ。爺ちゃんの言ってた伝説の国はここだよ。皆ありがとう」と言う。

　亡くなったせっつんの爺ちゃんの世界があの世界とは皆知らず、声もせっつんの爺ちゃんだったとも誰も気が付いていない。

　伝説の国とはひとそれぞれなのかも、夢もそれぞれ。

♡メンズファッション部♡

　西條美咲は意気揚々としていた。今日、四月一日は星雲デパートの新入社式だった。

　西條はバリバリと働くキャリアウーマンを目指していた。なので、全身黒のパンツスーツで入社式に出社した。はっきり言って添乗員みたいなのだが、サラサラの長い髪、意志の強い目が違和感をなくし、目立っている。

　そんな西條を見ている男性新人社員がいた。東田恋太である。ふわっとした天然ウェーブの髪に、お洒落なブランドもののメンズスーツ、スエードの靴で決めていて、「絶対にメンズファッションの担当になる」とこちらも張り切っていた。そして、西條に目を奪われていた。

　二カ月後、偶然にも二人はメンズファッションの部署に配置された。

　西條は発注担当、恋太は広告のコーディネート担当だった。西條は新人ながら、二カ月で頭角をあらわし、Ｙシャツの発注を任された。

「西條さん、お祝いに今夜飲みに行こうよ」恋太が西條に思い

切って誘った。

「いいけど、行くなら私が行きたい店でもいい?」マイペース
な西條だった。

　夜。西條の行きたい店に行くと……。屋台のラーメン屋だっ
た。「ここのチャーシューが絶品なのよ〜。おやじ、熱燗ね」
熱燗を屋台のおやじに注いでもらっている。

「西條さん、いつもこんなおやじみたいな店に来るの?」恋太
は戸惑い驚いた。

「東田さん、私ね、男なの。見た目は女だけど中身は男。だか
ら、仕事が重要なの」

　くいっと熱燗を飲む。西條の言葉に恋太の心が惹かれてい
く。男にならなければならない何かがあったのか、惹かれて
いった。

「西條さんは、どんな人が好み?」恋太は思わず聞いた。

「うーん、おかめみたいな人」

「普通、ひょっとこだろう」

「私、男だから」

「そのひょっとこに聞くよ。おかめと付き合おうよ」恋太は交
際を申し出た。

「東田さんがおかめ!　でもまあ、こんな風に屋台に来れるな

ら付き合ってもいいかな」

　二人は付き合うことになったのである。

「ダブルカフスのYシャツの発注はどんぴしゃだったわね」

「西條の発注はすごいな。俺のコーディネートはぼちぼちだよ」

「恋太はこれからよ。コーディネーターとしての才能はあるん
だから」西條、恋太と呼び合う仲になっていた。

　バックルームで話している二人を見て、上司の富士田は心配
していた。

　西條は勘違いしている。Yシャツの発注は賞味期限のない食
品と違って、失敗した発注もリカバリーしやすい。それと、品
物の知識を覚えるのが早かったから西條に任せたのだが……。
俺としては東田の方が将来メンズファッション部をしょって立
つ社員になると思う。二人は付き合ってもいるのか。私情を挟
まなければいいが……。

　そこへ、バックルームにメンズファッション部の社員が来た。

「大変です。富士田さん！」広告を持って走りこんできた。バッ
クルームにいた社員が一斉にそっちを見た。

「この広告のコーディネートとメンズファッション誌に載って
いるコーディネートがそっくり同じです！」

恋太のセンスの良さが裏目に出てしまった。そっくり同じとは、流行にもセンスにもよほど敏感でセンスが良くないと出来ない事だ。

「苦情処理をしないといけません。真似ではないとどう説明しましょうか？　ブランドやネクタイの柄まで、色まで一緒ですよ」

　富士田は感激した。

　そして「苦情処理しなくていい。うちの広告の方が一日早い。東田、お前はもっとメンズファッションの勉強をしろ。これからは、マネキンも発注も東田も加われ」と恋太に向かって言った。

　恋太は驚いた。こんな形で自分が評価されると思ってなかったからだ。また、嬉しくもあった。

　そしてもう一つ事件があった。簡単なミスだった。Yシャツ10枚の発注が100枚になっていた入力ミスだった。パソコンの計算だけで、品物をあまり考えてない西條のミスだった。富士田は決断した。すぐに二人をバックルームに呼んだ。

「東田と西條、君たち付き合っているそうだな。」富士田は話を切り出した。

「西條には今、空きがある受付に行ってもらう。東田はメンズファッションに必要な人材だ。西條の担当しているYシャツの

発注を東田に任せる。二人は付き合っているのに悪いな」

「私、受付なんてちゃらちゃらした担当嫌です！」西條が喰ってたかった。「数字だって残しているし……。この前のミスは気を付けます。だから！」
「西條、受付も立派な仕事なんだよ。仕事は数字ではない」富士田は聞き入れなかった。

　恋太がみかねて「私はまだ新人のため、勝手に言える立場ではございません。しかし、西條と一緒に仕事がしたいのです！」と富士田に言った。「そう、そういう気持ちが西條に必要なのだよ。もう決めた事だ。わかったな」

　この決定に西條は泣いた。恋太に寄り添って泣いた。
「私ね、男に負けたことないの。負けてはいけないと意地になっていた。でも恋太に負けた」泣きじゃくっている。「人前で泣いたこともない。何か間違っていたかなぁ……」
　ぐずぐず泣いている。恋太は「そんなことないよ。泣きたいだけ泣けばいい」
　西條の泣いている姿を見て、恋太は初めて自分が男だと気が

付いた。そして抱きしめた。恋太の腕の中でただ泣く西條だった。

　星雲デパートの受付。西條美咲が笑顔で挨拶をする。「いらっしゃいませ」

　西條はみんなと助け合いながら後輩の面倒をみている。そして思う。仕事を引き継ぐこと、それが私が、このデパートで働いた証になる。

　何十年と続いていくことになる、数字ではない立派な証だ。このデパートに入社して良かった。西條美咲は本当に心から思うのであった。

♡金色のリボンのノート♡

　金色のリボンの表紙のノートを買った。中は白紙のノート。「何に使おうかなー。行きたかったカフェのスクラップ帖にしようかな。日記を書こうかな。ワクワクする」

　私がノートのページを開くと「！！」白紙のはずのノートに何か書いてある！　よく見るとお菓子のレシピが書いてある。何故？

　仕方ないので、いや？　面白いのでマフィンをレシピ通り焼いてみる事にした。

　しかし上手くいかず失敗。しょんぼりして、ノートをパラパラとめくっていると最後のページに「一番前のページに戻れ！」と書いてある。

　その通りにパラパラと一番前のページに戻ると「！！」白紙だった。

「あれれ？」

　ページを一ページずつめくってみても白紙。最後のページまで白紙になっていた。私は目を疑った。私はしばらく考えた。だが、分からない。結局謎に包まれたまま年月が過ぎた。

今、金色のリボンのノートの謎が解けた。私に彼が出来た。超お菓子大好き。いつも手作りお菓子を作ってあげている。

　そのお菓子のレシピを金色のリボンのノートにびっしりと書いている。

　あの時のマフィンのレシピもある。何度も失敗してようやく出来たものだ。

　あの買って間もないノートに書いてあったレシピは未来の私が書いたのだ。きっと、将来お菓子作りをするよ、と教えてくれたのだ。

　最後に「一番前のページに戻れ」と書かれていたのは「書かれたレシピ通りに作るのではなく、試行錯誤し、自分でレシピ完成させろ」という未来の私からのメッセージだったのかもしれない。そして過去のノートになり白紙に戻った。あの時の私はレシピを書いていなかったからマフィンも上手に焼けなかったのだろう。

　今はノートのレシピは全て上手に作れる。

　この金色のリボンのノートは私の努力の結集。宝物だ。

♡宇宙は無限大∞だ♡

　真野子はバルコニーでくつろいでいたら、空に青白い光を見た。その光はスーッと伸びていき、何と目の前で落ちた。

　しかし音一つしなかった。急いで庭へ行った。

「いてててて……」一人の人がUFOらしきものの前で、腰をおさえていた。宇宙人？　真野子は興味津々に近づいて行った。

　変な青色に光るLEDみたいな物を付けたつなぎを着ていた。そのLEDのつなぎの人は多分男で、若い青年らしかった。

「こちらキアル、キアル、緊急不時着。太陽系地球に不時着。SOS、SOSナビが故障です」

　頭に何か付けて応答している。真野子は思い切って話しかけてみた。

「今晩は。宇宙人さん」宇宙人の青年は振り返り真野子の姿を見て驚いた。

　「おかしいな。地球の時間は止めてあるのに、なぜ人が動いているんだ。しかも髪の毛が短い」青年はぶつぶつ言っていた。

　真野子は「挨拶も無し？　今晩は」とまた言った。

　ショートカットで瞳の大きい真野子は宇宙人が驚く容姿らしい。

「日本の夜の挨拶よ。今晩は。髪の毛が短くて悪かったです

ね。そっちこそLEDをいっぱい付けたつなぎなんて趣味が悪い」

　宇宙人のつなぎについたLEDがピカピカ点滅している。

「これはLEDではない。翻訳機なのだ。あ、え〜今晩は。しかし君は何で動いているのだ？　地球の時間を止めたのに」

　青年はよく見ると東洋人に近い顔をしていた。が、髪の毛が長く青く、濃いメイクをしていてビジュアル系バンドの人のように見える。

「ふーん、翻訳機。じゃあ今晩は、のそっちの言葉は？」

「はんばんこ」

「反対！　冗談みたい」真野子は呆れ、庭の窓を開けた。

「取りあえず応接室へ入って。あ、靴は脱いでね」中へ案内した。

　真野子は台所でお茶を用意していた。煎茶なんて飲むかしら？　でも出してみよう。

「今晩は〜、私は何をすればいいですかぁ」応接室の方から大きな声がした。

　コポコポ急須にお湯を注ぐ。真野子は「今お茶を淹れたからソファーに座っていて。ソファーとはダークグレーのふかふかの椅子で、そのー」ソファーの説明をしていたら、「わかった。ソファー翻訳した」と言って宇宙人は何とかソファーに座った。

テーブルの上にコトンとお茶を出す。宇宙人は「これ何ですか?」と聞いてきた。

「お茶よ、日本の」真野子は答えた。

「飲み物ですね」

宇宙人は翻訳して恐る恐るお茶を口にした。その様子を見て真野子は思わず吹き出してしまった。長髪のビジュアル系でLEDのつなぎを着た人が恐る恐るお茶を飲んでいる、おかしい。

「プハー」宇宙人は飲み終わり神妙な顔をして「苦い、熱い、ぬるい、渋い、甘い、翻訳出来ない!」と叫んだ。LEDが点滅している。真野子は笑い転げた。

「あー、おかしい。宇宙人さん。私は真野子よ。あなたの名前は?」キャーハハと笑っている。

「何がおかしい。私はキアル。これでも色々な星を旅しているし、色々な体験をしてきた。しかもこれはLEDではない。翻訳機だ!」キアルは続けた。

「このお茶は初体験だ。宇宙は無限大だ～!」キアルは湯呑を持って立ち上がり叫んだ。

　どどどーん!

　その言葉に真野子は心が震えた。「宇宙は無限大だ」何とこ

の言葉はLED（？）で翻訳されてない

　キアルの星の言葉で日本語にすると「俺の妻になってくれ」だったのだ。

　真野子はまじまじとキアルの顔を見た。キアルは「あまり見ないでくれ」と言った。

　これもまた翻訳されず「君が好きだ」になってしまっている。

　真野子は段々とときめいてきた。こんなにもはっきり言う男の人いるかしら？　この人ビジュアル系だけど男らしい。

　真野子は恥ずかしくなってきて「もう一杯お茶を飲みますか？」と聞いた。

　するとお茶に反応して「宇宙は無限大だ〜！」とキアルが叫び「俺の妻になってくれ」になっている。

　真野子はときめく。

　一杯のお茶も宇宙では無限大な意味であった。

♡メインテーマ♡

　仁字商社という会社に入った。ここでは飲み会の二次会が変わっている。学生時代から合コンなどの二次会が苦手な私はこの仁字商社の二次会にびくついている。私が新入社員として採用され、挨拶、電話応対、PC操作、雑務などやっと慣れてきて今日、歓迎会である。自己紹介などが終わり、つつがなく一次会が終わった。

　そして、いよいよ二次会になった。

　この仁字商社の二次会は虹について話し合う会だった。どうして七色なのか？　丸いのか？　色々と意見を交わすのである。何故虹の話を？　私は分からないが黙って従う事にした。

　上司の園田さんは「私は赤の色に虹の良さを感じる。虹といえば赤だ」と熱弁していた。

　最後に私に意見を言う場面が回ってきた。「琴代ちゃん君の虹の意見は？」上司に言われ思い付いたことは、

「学生時代にバイトしていたあんみつ屋のカキ氷に氷レインボーというのがあって、七色のシロップにバニラのアイスが乗っているんです。夏によく売れました」と散々な意見だった。

　しかし、皆さんは「琴代ちゃんの氷レインボー土曜日に食べ

に行こう！」と盛り上がった。

　土曜日。初夏だったので氷レインボーをみんなで食べた。「ブルーベリー、西瓜、メロン、レモン、柿、葡萄、桃、梨、イチジク、キゥイ、マンゴー、林檎、オレンジ、パイナップル、苺、琵琶、サクランボ、みかん、アセロラ、ザクロ、ローズヒップ、ライチ、ラズベリー、カシス、プルーン、クランベリー、アサイー、杏、色々な味があっていい！」好評だった。

　そして最後に「新入社員に自分の意見を言ってもらう。自分なりの行動や経験だったらそれでいい、それで仕事を決める」と園田さんが言った。

　私は会社とは変わったものなんだなぁと思った。

　だけど久々に食べた氷レインボーは氷が溶けて果物の味がした。

　まさに色々な味！　会社員の味がした。

♡寝言♡

　寝言で予言をするらしい。

　私は寝ているので分からないけど、妹の話だと私が夜中に寝言を言う度に、次の日の出来事が当たるらしい。抜き打ちテストがあるとか、夕ごはんのメニューが当たるとか他愛もない事だけど。おかげで妹は寝不足になったらしい。

「お姉ちゃん、もう寝言言わないで、あたしは眠れないよ」と妹が夕ごはんの時に言ってきた。

「知らないもん。私は寝ているし」私がハンバーグを食べていると「今日の夕ごはんのメニューもハンバーグと分かっていたからファーストフード店にも寄れなかったのよ〜」と妹。知るか！

「さぁ、私は明日、搬入日だからシャワー入って寝よう。妹よ、学生だからって夜更かしは肌に良くないわよ」私は立ち上がり二階へ行った。私は会社員。メーカーに勤めている。月末は搬入日だし、明日は色々あるのだ。ベッドに入る、眠い……。

　目覚まし時計と共に起き、鏡の前に座ると妹がニヤニヤしている。

「竹井さんって誰？」妹が聞いてきた。な、何故妹が竹井さんを……。

　私は髪の毛をとかし黙っていた。

「昨日、寝言で、竹井さん、好きです。これあげます！　と言っていたわよ。お姉ちゃん」妹が肘で突いてきた。

　えっ。竹井さんの誕生日プレゼント今日あげるのに、もしかして予言？

「い、妹よ、その後私は何て言っていたの？」

「聞きたい？　夜に教えてあげる。行ってきまーす」妹は無情にも学校に行ってしまった。

「ちょ、ちょっとー」私はドキドキしてきた。

　五時。会社も終わる時間。経理の竹井さんの帰り際に腕時計をあげるのだ。竹井さんが鞄を持って立ち上がった。

「た、竹井さん！」歩く竹井さんに話しかけた。しかしその時誰かにドーンとぶつかった。

　緊張のあまり、頭に思い浮かべてた言葉を言ってしまった。

「好きです。これあげます！」

　やってしまった、そう言いながら「あいててててて……」と言うぶつかった相手を確認する。その相手を見ると横沢さ

んだった。

　すると「す、好きって、俺の事？」転びながらプレゼントを拾い、私の方を見た。横沢さんは私の事をずーっと好きだと言ってた人、まずいわ……。

「いやー、俺の気持ち通じたかな。ありがとう。今日はおごるよ」えぇー、どうしよう。私は仕方なく横沢さんと夕食を食べに行った。

　家へ帰ると妹がニヤニヤして「竹井さんと夕食に行ったんでしょう？」と聞いてきた。

　違うもん。予言なんてあてにならない。妹よ、うらむぜよ。でも一つ分かった事。横沢さんと夕食に行ったら、竹井さんに彼女がいた事を知ったの。

「妹よ、私の寝言はあてにならないわよ。実はね……」今日の出来事を妹に話した。

「なーんだ。じゃあ、今日から寝るわ」妹はがっかりした顔をして、ベッドに入った。

　私は眠れなかった。すると眠った妹が寝言を言っていた。何々？

「お姉ちゃんと横沢さんは付き合います」

い、妹よ！　起きているわね！

　だけど、予言なんてあてにならない。何事も今が大切。妹よ、ありがとう。私も立ち直ろう。そう思ったら眠くなってきた。会社員のさがね。

　あれ？　妹が寝息を立てている。もしかして、本当に寝ていたの？

　本当の寝言？　まさか予言？

　いやいや。まあ、今日から姉妹揃って安眠できそうだね。

♡チョーカーの呪縛♡

　レストランで、チョーカーをしている女性を見かけた。私は、それを首輪みたいと思ってしまった。すると自分の身につけているネックレスも、首輪みたく感じられる。それが嫌で、ネックレスをテーブルの上に置いた。

「どうしたの。ネックレスはずして」一緒にいた彼になりそうな関係の友達が言った。

　赤ワインが運ばれてきた。パンと前菜の生ハムとチーズ。無言で食べる。

　ペペロンチーノとボンゴレがきた。クルクルとフォークにパスタを巻き口に運ぶ。私がペペロンチーノを食べる。友達がボンゴレを食べる。

　デザートのチョコレートケーキとエスプレッソをウエイターが運んできた。

「ネックレスをつけてよ」エスプレッソコーヒーを飲む友達。

　私はチョコレートケーキを一口口にする。ほろ苦くしっとりとしたケーキだ。口に広がるチョコレートの香り。

「私はあなたの彼女、ペットじゃない。だから首輪はしない」

　テーブルの上に置いたネックレスを返す。エスプレッソコー

ヒーの入ったカップを置き友達は言った。

「俺が上げたネックレスはいらないって事、彼女じゃないって事か」

　私は言った。

「私はペットのように首に巻かれるのではなく二人で固く結ばれていたい」空になったケーキのお皿にフォークを静かに置く。

「私、ネックレスなんていらないのよ。エスプレッソコーヒーも嫌い。ただ彼氏が欲しかっただけ。でも、さっきチョーカーをしている人を見て気が付いたの。人に合わせて窮屈な事をしているって。恋人がいなくてもいいんだ。本当に好きな人と結ばれよう、と決めたの」

　ナプキンで口を拭う。

　エスプレッソコーヒーを飲む彼。だがやっと分かった表情をした。

「エスプレッソコーヒー嫌いだったんだ。デザートまできて分かったよ。俺に合わせていたんだね」

「もう合わせられない。今までありがとう。さようなら」

　テーブルにネックレスをおいて立ち上がった。初めて自分を貫いた気がする……。

♡気になっていたドア♡

　今度出会えたら、上手く付き合えるかもしれない。

　前から気になっていた駅に続く道の通りの喫茶店に入る事にした。ドアを開けるとフローリングと白い壁とリースで飾られた可愛いお店だった。

　ちょっとだけ秘密を知った気分。

　ホットミルクを注文してにっこり。こーんな可愛い店があったのね。浮かれて喫茶店を出た。

　駅に向かい歩いていると、向こうから何と……、前の彼氏！

　友達というか……、三カ月前と変わっていない。

　でも私に変わった事がある。さっきの喫茶店を知った事。気になっていたドアを開けた事。自分の深層心理を見たような気がする。

　私は上手く付き合おうとしていた。全ての事に……。

　付き合うってそういうのじゃないのよね。

　彼が私に気が付く。少し目を伏せ「どうも」と会釈した。

「久し振り。元気そうだね」と彼。

「うん。そっちも」と私。

「ちょっと雰囲気が変わったね」

「え？」

　私は喫茶店の扉の中の秘密を知った。そう。上手く付き合おうとした私の秘密を知った。

「久し振りだからよ」と私は言った。彼は「そうだね」といった。

　気になっていた事。上手く付き合う幻想がやっと消えていったと思う。

　気になっていたドアを開いて……。

　そして……。

「今度、ホットミルクを飲みに行けるかしら？」と私が笑って言った。

「もちろん！」と彼が笑顔で答えた。

　＊この話はチョーカーの呪縛の続きとして見ていただくと幸いです。

126

♡別世界天国♡

　私、奈子は落ち込んでいた。好きな人に彼女が出来たのだ。
「何もかもなくなってしまえばいい。」そう思いベッドに入った。
　すると、ヒューンと飛んでいた。そして、雲の上に落ちて行った。そこは光り輝く世界で私は目をパチクリさせていた。
「ここはどこ？」
「ここは別世界天国だ」白い髭のおじいさんが私に向かって言った。
「天国、私は死んだの？」
「何もかもなくなってしまえばいい、と思ったから死んだのだ」
　そう言っておじいさんはテレビを（天国にテレビがある）つけた。ザーザーと電波が悪い。
「地球は別世界だから電波が良くないのう」やっと画面が見えてきた。画面はベッドで寝ている私。周りに、お医者さんと父と母がいた。しばらくの間茫然と見ていた。
「本当に死んだの？」私は半泣きになった。いくら何でも好きな人に振られて死ぬなんて惨めすぎる。
「おや、泣く涙があるのだな」おじいさんは言った。
「元に戻る方法はありますか？」泣きながら質問した。

「ここは、別世界天国という天国で否定することをなおす天国じゃ。本来人間のいる場所ではない。じゃから、戻れる。心が回復すれば。それには、全て光に身を任せて、何もかもなくなってしまえばいいという気持ちを離すのだ。何にもないとは一番いけない考えだ。光すらない。宇宙は全て存在するのだ。わかったら、目を閉じて横になりなさい」

　おじいさんの言う通り、私は目を閉じて横になった。

　すると、ヒューンと飛んでベッドに戻った。

　私は泣いた。失恋したって泣く涙があるんだ。みんな存在するんだ。何もかもあるんだ。

　気が付くとベッドで泣いていた私を笑顔で見ている両親がいた。

　母が「よかったわ。三日間も目を覚まさなかったのよ」と笑っていた。

　父も「医者に聞いても原因が分からなかったが、目が覚めたのならよかった」と笑っていた。

　私は泣いていたのも忘れ、笑った。「そんなに寝ていたんだ」

　別世界天国では、否定する心を失くす別世界を創造するのを目指していた。だから、光り輝いている。

　全ては肯定する事。神の意志、宇宙の意志である。

♡香り♡

　私奈子は今日、彼氏に振られた。その慰めのつもりにアロマを始めた。ラベンダーの香り、ローズの香り、レモンの香りジャスミンの香り、色々あるけどどれもいい感じ。

　アロマを始めてある夜、不思議な音が聴こえてきた。幻聴？ゆっくりして高い音。

　フルートとも違う。パイプオルガン、とも違う。ポロララ、ポロララ……。

　そして、紅茶のアールグレイに使われているベルガモットの香りを使うとよく聴こえるのだ。私は目を閉じる。何を言っているのだろう。

　もっと女性を意識しなさい……。

「うん？」女性？　私は部屋で紺のスウェットの上下を着ていた。髪は一つに束ねている。

　全身鏡を見て、まず髪をほどいてアップにした。そして、とっておきの金木犀の香水をつけた。くるっと一回転し金木犀の香りを楽しんだ。女性って香りに敏感なんだ。

　次にスウェットの上下を脱ぎシルクの部屋着を身に着けた。しばらくの間その音の通り部屋で過ごした。

また、ベルガモットのアロマにすると、ポロララ、ポロララと音がした。香りだけでなく、何故音までするのだろう。私は音に合わせて鼻歌の様なものだけど歌った。

　すると、部屋の照明が消え、夜の窓から光が差してきた。窓を見るとポーっと女の人が浮いている。幽霊ではない。

　何か歌っている。ポロルララ、ポロルララ。微笑んでいる。私は一緒にポロララ、ポロララと微笑んで歌った。

　ベルガモットと金木犀の香りに包まれて幸せいっぱいになり、微笑んだ。

　いつの間にか寝ていたらしい。窓から朝陽が差し込んでくる。アロマも終わっている。

　あれは何だったのだろう。あの女の人は……。

　私は立とうとした。その時よろめいて本棚にぶつかった。本が一冊落ちた。外国建築の写真集だった。色々な教会、寺院、お城などが載っている。手に取ってみると「あっ」そのページは教会の写真だった。さっきの女の人が男の人とお祈りしている姿だった。

　ポロララ、ポロララとあの音がした。女性を意識しなさい

……。私は彼氏に振られるまで、祈りまで忘れた迷える子羊だった。

　アロマをして女性を意識して幸せな気持ちになれた。神様に会ったのかも。

　もっとゆっくりと優しく女性らしく時間を過ごす。

　この女の人の祈りが届いた気がした。

♡香水とオーデコロン♡

　不思議な効き目のある香水が開発された。香りを嗅ぐと歌いたくなる香水だ。

　私は早速購入して、彼にバラードを歌ってもらおうと思った。デートの日、ローズの香りを漂わせワクワクしながら待ち合わせの場所にいた。間もなく彼が来て効果が表れた。

「今日は歌いたい気分なんだ。カラオケに行こう」

　カラオケボックスに着くと彼がマイクを持って歌い出した。バラードだ。

　私は次第にうっとりしてきた。体に何かいい香りがまとわりつく。胸がいっぱいになる。甘美な気持ち……。

　胸が歌声と共に踊る。とても、何とも言えない気持ち、幸せだわ。涙が溢れてきた。

　それがまた、心地よくそして、ローズと何かいい香りに包まれる……。

　ふと見ると彼が小さな瓶を持っている。

「このオーデコロン男性用なんだ。女性が歌を聴くと感動するんだって。どうだった？」

　私はうっとりしながら考えた。色々な香水が出ているけども

しかして、この香りがなくても彼のバラードだったらうっとり
と感動するかも……。

　恋愛や愛って香りを醸し出すものなんだ。とくに歌声……、
いい香りなのね。

　この香水を作った人はとてもロマンティックな恋愛をしたん
だな……。

　それを伝えたくて香りに託したんだ。

　初めて判った。恋愛の香りに包まれて……。

♡ネイルサロン♡

　爪って不思議だよね。ネイルしてもおちるし伸びて切る事も出来る。私と明恵がネイルサロンの帰りにお茶してそんな話をしていた。今日のネイルは水色の下地に赤色のリボンだった。十本の指に満足していた。

　その夜、私は夢を見た。

「あなたと友人は魔女の一員になった。あなた方は覚醒するのだ」黒マントの男が言っていた。

　魔女……？

「爪は魔女の印。覚醒して未来の頭脳を学ぶのだ。今日のネイルは特殊なマニュキュアである。夢で過去にも未来にも行ける。覚醒して世界を一つにするのだ」

　目が覚めた。ネイルと魔女……。気になって明恵に電話した。

「私も夢を見たよ」

「明恵も！」

「気になってネイルサロンのパンフレット読んだんだけど、あの店の内装は中世のヨーロッパみたいだったよね。14世紀のヨーロッパって、魔女狩りがあったよね。その魔女たちって未来人だったのかしら、私たちみたく未来のネイルサロンから来てた

りして、なーんて、考えちゃった」

「そうかも……。気味悪いから違うネイルサロンに行ってネイルおとしてもらおうよ」私は言った。

　そして、違うネイルサロンで、ネイルをおとしてもらってホッとした。

　その夜、私はまた夢を見た。

「残念だが覚醒に失敗した。いずれはスパイ魔女にしようとしたのだが。あなたは爪を未来の文明、頭脳に使えたのに」

　次の日。

　明恵と話をして、あのネイルサロンは中世のヨーロッパで、未来に行けて未来の文明を14世紀の人々に見せたので、魔女狩りがあったのではないか？　だろうに落ち着いた。そしてこの歴史の中に21世紀の人々や未来人が、色々な会社か何かの組織に混ざって過去に行くのではないか？　爪か何かを使って……。そうだろうと明恵と話して結論に達した。

　だけど、そうすると歴史とは誰が作ったのかしら？　未来人が過去に行って作ったという矛盾でややこしくなるのだった……。

♡リスの秘密♡

　木の枝にボールが引っかかってしまいました。男の人がその
ボールを取ろうとジャンプしたら転んでしまい気を失いました。
　ハッと目が覚めると男の人はリスになって木の上にいました。
男の人はリスになって分かりましたが、どうやらリスには言葉
があるようです。
　そして驚いたことに木と何やら話せるようです。男の人はリ
スになりすまししばらく様子を見る事にしました。
「そろそろ紅葉の季節だねぇ。一つリスさん頼みますよ。」
　木がリスに頼みました。するとともにリスたちが赤ワインを
飲み歌を歌いました。勿論リス語の歌詞です。瞬く間に木の葉
が真っ赤に染まりました。
　リスが冬に備えて木の実を埋め始めました。
　男の人はリスが埋め隠した木の実を忘れているのかと思って
いたら、実はちゃんと覚えていてリスは色々な場所に埋めてト
ランシーバーとして使っていたのです。
　そして、リス語で会話をし、春にどこの国にでもテレポーテー
ションして、花を咲かせる為に木の実のトランシーバーを活用
していました。

春に花を咲かせるのは特別な作詞作曲を冬の間にしなければいけません。赤ワインの誤魔化しは春の花には通用しないのです。トランシーバーを使ってみんな働きました。男の人もリスとしてカタコトを話し、作詞作曲の手伝いをしました。

　いよいよ春です。リスたちは冬の間に創造した歌を歌いました。
　梅が咲き、菜の花が咲き、タンポポが咲き、桜が咲き、椿が咲き、薔薇が……。数えきれない奇跡が起こりました。男の人は感動しました。

　ドスン。ボールを持って地面へ落ちました。男の人はリスから人間に戻っていました。ボールが引っかかっていた木は満開の桜が咲いていました。とても美しいです……。
　それ以来男の人は葉が赤くなったり、花が咲いたりするのはリスがリス語で歌を歌っているのだと思うようになりました。
　また、自分も今年の花が咲くのに一役買っているのだと誇りに思いました。

♡福袋♡

　新年、デパートで福袋を買った。ウキウキして中を見ると……。七福神がいた。

「あれ？」

　私はデパートの福袋を買ったんだよね。何故七福神「ふく」違いじゃない？　しかも宝船に乗っている。新年早々縁起がいい……。のかしら？

　仕事始め、会社に行った。あまり話さない会社の男性が来た。鞄のキーホルダーが琵琶を持った財弁天だった。

　そして、「髪型可愛いですね。いつも言いたかったんですよ」と挨拶してきた。ええー、一体どうなっているのだろう。

「ありがとうございます」私は緊張して挨拶もそぞろにその場を後にした。

　会社の終了時間になると新年会でビールが出て、そこに恵比寿様がいた。私がまた驚いていると「いつもみんなの机を拭いてくれてありがとう」「花を活けているのも君だね」と上司が褒めてくれた。

　あれ、よく見ると上司が寿老人や福禄人の姿になっている。

会社の帰り道、今日の事を考えてボーッとして歩いていて転びそうになった。毘沙門天の鎧を着たイメージが出てきて男の人が「大丈夫ですか」と助けてくれた。

　家へ着くと何故か父が大黒天の様な打ち出の小槌を柱の前で振っていた。

　これはもう何だろうか……。そして、父が布袋様の様な太鼓腹をたたき、袋を持って私にくれた。袋を開けると一枚の紙だった。

「何、これ」

「毎日、会社で会っている男性がいるだろう。父さんの知人の息子さんなんだ。お前の事を気に入ったらしくデートしたいそうだ。電話番号が書いてある」

　私は唖然として福袋の力に驚いた。

　部屋へ着くともう福袋の七福神はいなかった。

　けれど手には電話番号が書いてあるメモがあり、何とカレーライスと福神漬けの絵が書いてあった。福袋の福もらったわ！ありがとう！　福神漬け！

♡水溜まり♡

　雨上がり、水溜まりを見た。私が姫になって宮廷でドレスを着て踊っている姿があった。

　そこへパシャーンと車が水溜まりに入り飛び跳ねた。

　すると水溜まりの水がグルグルとうなりトルネードに上昇した。

　何事！？

「姫、よくぞここまで。王子も待っています」とトルネードから男が出てきて私に言った。

「王子って、何？　私は夫がいるんだけど……。」

「この人が王子です」

　トルネードからまた男の人が出てきた。

　出てきた王子らしき人はなんと私の夫。

　パッシャーン！

　水溜まりが元に戻った。

私は何だか分からず帰途に就いた。

　家へ帰ってきた夫に思い切って水溜まりの話をした。

「俺の故郷は水のトルネードで過去や未来に行ける。水溜まり

が入口だ」

「王子なの？」

「そうだ。俺の故郷に帰ろう」

「パッシャーンとしてはダメだよ。手をかざすんだ。吸い込ま

れて国へ行ける」

　私と夫は雨上がりに水溜まりに行き手をかざした。

　吸い込まれ、トルネードして中に入った。

　その中はピンクであたたかい。

　どこからか夫の声が聞こえてきた。「俺と結婚するんだよ。

約束だからね」夫はいない。

　オギャー！　私は生まれた。

　私は夫に会いたい。いや、きっと、会うでしょう。子宮で約

束したから。

　女性の子宮は過去も未来も行ける国。水溜まりから一緒に

入ってからもう一度出会うんだ。

　ドレス姿は未来の私。そして、夫は未来人なんだ。水溜まりから子宮に入り、子宮から過去未来に行ける事突き止めたんだ。それを過去人の私に教えてくれたんだ。だから輪廻転生したり、永遠の命だったり、結婚するのは子宮に関係するんだ。

　そして、子供や車が水溜まりをパッシャーンとするのは人間の本能なんだ。

♡口紅♡

　幼い頃、自分の笑い声が嫌いだった。もっと可愛く女の子らしければ良かったのに。

　大人になって、ある日、口紅を塗った後、笑う事があって、自分の笑い声が可愛くなっていて、びっくりした。口紅のおかげ？　大人になったから？

　それからというもの家でも、会社でも口紅のおかげ？　でいつも笑っていた。すると、

「何か良い事あったの？」「笑うと可愛いね」などと言われるようになった。

　この口紅は宝物だ。そして、笑うようになって彼氏まで出来た。まさに口紅のおかげだ。

　しばらく幸せな時が続き、はっとした。口紅がなくなりそうなのである。次第に元気がなくなり、落ち込んできた。

　彼氏が聞いてきた「最近元気ないね」私は思い切って口紅の話をした。

　私の口紅を手に取った彼氏は「これが、その口紅か」としげ

しげと眺め急に自分の口に塗り始めた。

「間接キスだ！」口紅を塗った顔の彼氏が言った。

　その顔を見て私はおかしくなり笑った。

　ぎょ！　低い笑い声だった。

　まるで彼氏が笑っているようだわ。私はすぐ笑うのをやめた。

　その時、彼氏の手にあった口紅から赤〜い光が滲み出てきて、きゃぴきゃぴした笑い声と共に私の周りを包み込んだ。

　段々と空に響き渡り笑い声と共に赤〜い光が私の口に入っていった。

　すると、私に笑い声があのいつもの可愛い笑い声になった。

　彼氏はティッシュで口紅をおとした。私の方を見て苦笑いをした。

「やっぱり口紅は女性の物なんだね」

　私はおかしくなりまた笑った。笑い声は可愛かった。

　口紅は大人の女性の象徴なんだね。どんな女性でも口紅一つで変われるんだ。もう、幼い頃のコンプレックスはなくなっていた。

♡貝合わせ♡

　上下にピタッと重なった貝。パカっと開いた状態で真ん中を割って、上下を合わす遊びが貝合わせ遊び。同じ一個の貝でないと上下重ならない。

　そして、その二個に割った貝に模様をつけて遊ぶ。

　一人の平安時代の姫が貝合わせ遊びに、着物と帯の模様を合わせて遊んでいました。

　自分のお気に入りの着物と帯「コレ」というものをくっつけてみました。すると、貝が上下ピタッとくっつきました！

　姫は驚きました。

　そして、それから姫はその着物と帯しか身に着けなくなりました。

　一張羅です。貝から出汁が出るように姫の味が一張羅に表現されていました。

　姫は他の人にも貝合わせ遊びで色々コーディネートしてあげました。

　姫は初のスタイリストだったのかもしれませんね。

　自分のスタイル、味、出汁があることが分かった出来事でした。

♡ミミちゃん♡

　アロマで金木犀をたいた。次第にうとうとし始めて……。可愛い白い猫のぬいぐるみが頭に浮かんできた。あれは、私が幼稚園の時のバザーで買ったぬいぐるみのミミちゃん。ミミちゃんは今頃どうしているだろう？

　何故金木犀の香りでミミちゃんが出てきたんだろう。

　目がしゃきっと覚めたらアロマをやめて、シャワーを浴びる。私は内気でミミちゃんが友達だったな。シャワーを出て白湯を飲んだ。私の仕事は手紙の代行者だ。ちょっと、秘密のルートで仕事を手にしたけど人付き合いが苦手な私には性に合っているだろう。

　さて、仕事とパソコンに向かうとこんな依頼だった。

　「好きな女性にラブレターを書きたい。上手く代行してくれないか？」私は考えた。

　そしてハッと思い付いた。ぬいぐるみのミミちゃんと話していたのを思い出し、架空のぬいぐるみのミミちゃんとなり、手紙を出すのだ。

　私はミミちゃんとして代行の手紙を書いた。そうして仕事を終えると編集者の男性がやって来た。

「仕事ははかどっていますか？　今日の分を持って行きますね」
編集者の男性が帰り、一日が終わった。

　朝になり郵便受けを見ると手紙が入っていた。
「え？」編集者の男性から手紙……。急いで封を開けた。
「ずっと好きでした。代行して告白しようとしたけれど、さすがにぬいぐるみとして語る手紙は男として出来なかった。私と交際してくれますか？」
　私は編集者の男性が手紙の代行の依頼者と知って驚いた。また、ぬいぐるみが語るのは、ちょっと行き過ぎていたと反省した。そして思い出した。
　金木犀は前のバイト先の憧れてた人の彼女の香水の香りだった。
　私は代行していたのね。ミミちゃんが教えてくれた。
　これからは人の代行などせず自分のありのままを出す仕事に就こう。この編集者の男性がミミちゃんとなって導いてくれた。不思議な縁を感じ感謝するのだった。

♡カボチャの話♡

　桃源郷に行くのは、シンデレラのカボチャの馬車で行くって、知っていた？

　桃源郷とはエデンの園の事で、アダムとイブのように男女で入るのだって。

　何故、カボチャなのかと言うとチャ、茶、ティーが名前につくからなの。

　果物は喉を潤すよね？　お茶もそう、喉を潤すオアシスだからだって。

　桃源郷は果物であふれていて、すっごく、すっごく、ごくごく極楽なとこだって。

　桃源郷に行く時、カボチャの馬車で行くシンデレラは、本当は12時過ぎたらお城のダンスパーティーを抜け出さないで、お城の中でダンスしていれば良かったんだ。

　王子様とシンデレラがダンスを休んじゃったから、靴を落とす話なの。

　アダムとイブの話も男と女の間に違う者が入ってきて、桃源郷、エデンの園に入れなかったの。

だから、桃源郷に行くのは、男女で「果物（ダンス）」食べ
ればカボチャの馬車に乗れるのさ。
　運転はアダムがするのだよ！

♡金色のオーラ♡

　一週間前、眼鏡のフレームを替えた。訳はなく何となく直感で直してもらった。そうしたら、レンズを替えてないのに、眼鏡をかけると人のオーラが見えるようになった。

　オーラって色々あるのね。金色やパープル、ピンク、水色、眩しいのや、大きいのや、点滅しているのとか色々。様々なオーラがある。だけど、オーラって本当にあるのね。

　金色で眩しいオーラの人は実際に元気で輝いている。

　そして、どんよりした色のオーラの人は元気がなくくすぶっている感じが分かる。

　今日、親友の奈子に会ってこの話をした。奈子のオーラは金色。輝いている。奈子はオーガニック店のオーナーをしていて、カッコいい彼氏がいる、正に金色のオーラの持ち主だ。

　私は自分のオーラが見えないので、奈子に頼んでこの眼鏡をかけてもらって見てもらおうと考えた。私は翻訳家を目指してフリーターをしている。オーラを見てもらい、輝いているかどうか知りたかった。

　しかしながら、奈子はこの眼鏡を見ても何も見えないという。

オーラが見えるのはどうやら私だけらしい。残念。

　ただ、オーラが見えても何にも役に立たない事に気が付いた。この人は輝いている、いないと分かるだけ。そんな訳で奈子とランチを食べて少し話して帰途に就こうとした。

　歩いていると、前の方に歩いている男の人にびっくりした。

　オーラが灰色でどんよりしていて初めて見るオーラだったのである。私は恐る恐る尾行することにした。ホームレスまでいかないけど、かなり汚れた服装だ。しかも挙動不審。

　その男の人はコンビニで唐揚げとワンカップのお酒を買い、近くの公園のベンチで求人雑誌を見ていた。如何にも灰色のオーラの人の行動！　見ている私も私だけど……。

　そして、野良猫が男の人のとこに来た。フーッと尻尾を立ててにらんだ。猫にもオーラが分かるのかしら……。

　すると、サッカーボールが男の人の足元に転がってきた。少年が走ってボールを取りに来た。あ、どうなるのと思ったら。「サッカーか、おじさん学生の頃サッカー部だったんだ。教えてやろう」とニコッと笑い少年とサッカーを始めた。私は唖然としてしまった。灰色のオーラは……。

その時私のスマホの着信音が鳴った。奈子からのメールだった。
「彼に振られました。仕事が順調でも恋愛も順調とは限りません。ぐすん」
　え！
　金色のオーラの奈子が失恋。スマホから公園に目を移すとサッカーをしている男の人の灰色のオーラが消えていた。
　私は考えてしまった。人のオーラが見えるってなんだろう。
　普通にオーラが見える人はきっとそういう能力があるのだろうけど、私の場合眼鏡のフレーム、枠を替えたら見え始めた。

　私は知らず知らずのうちに人を枠に捉えて見た目や固定概念で判断していたのかも。色眼鏡で見ていたのかも。それを眼鏡のフレームを使って誰かが教えてくれたのかも。
　もっと広い視野で物事を見よう。そうすれば、色々な言語もすんなりと理解し、それこそ輝く翻訳家になれるだろう。金色のオーラとはそういうものだ。私はサッカーをする男の人を見て思った。

　そして、求人雑誌と唐揚げとワンカップだけがベンチに残った。

♡月光♡

　夏の太陽が燦燦と照る暑い午後、深井朋美は満足気にデパートから家へ歩いていた。

　朋美は髪がストレートで長く軽く茶色に染めている。瞳は潤み、澄んでいる。どこかはかなげで、口と鼻は瞳を修飾する為に見事に作られているようだった。そして小柄だが、ほんのり丸みをおびた体つきをしている。ノースリーブの紺のシャツに綿の白い長いスカートをはき、サンダルで歩く。

　朋美は今年の春に短大に入学した。そして、初めての夏休みに喫茶店でアルバイトをして、今日めでたくアルバイト料が入り、デパートに買い物へ行ったのだった。

　朋美はにんまりした。

　紙袋を見て、このミモレ丈の白いフレアースカートはお買い得だった。アルバイトして良かったなと思った。でも外国製の口紅も欲しかった。しかしまだ、香料のきつい外国製は私に合わない、第一学生だし、プチプラコスメの口紅とグロスでいい。余ったバイト料で文庫本を買おうかあれこれと考えていた。

　「おーい」朋美の後ろから聞き慣れた男の声がした。深井晃平

である。朋美の一つ年上の近所に住む従兄だ。

「ちょっと待って、お前に話がある」晃平は何やら紙の束を持っている。朋美は何事かと晃平を見た。晃平は背が高く日本男児のような顔立ちである。

　そして音大二年生だった。

「今週の土曜日に公民館で俺の大学のバンド祭があるんだ。チケットが余っているから観に来てくれ」その束がチケットなのね、と朋美は理解した。しかも晃平のバンド！

「行く。バイト代も余っているし行くわ」

「よし、一枚売った。DOKUというロックバンドで俺はキーボードをやっているから。ライブが終わったら、控え室にいるから。じゃ、土曜日に」とチケットを渡し晃平は歩いて行った。朋美は晃平が好きだ。中学生の時から……。

　冬の小春日和の時、中学三年生の朋美は高校一年の晃平の家のリビングで晃平のピアノを聴いていた。ダダダダーン、ピアノを弾く晃平。

「この曲な〜んだ？」朋美は「『運命』」と答える。

　ツツツツツツツツ「これは？」「『エリーゼのために』」「正解」と晃平。

朋美は聞いた。「何でベートーヴェンの曲のイントロクイズなの？」

　その質問に康平はにやっとして「お前が知ってそうな曲をわざと選んでいるの」と言った。

　晃平は小さい時からピアノを習っていたのでクラシックに詳しい。

「J-POP意外で知っているは曲ある？」朋美の方へ向く晃平。

「『乙女の祈り』」しかめ面して朋美は答えた。「何でそんな顔をするの。いい曲だよ」

「嫌な思い出があるのよ。あー思い出したくない」髪の毛までくしゃくしゃさせる。

「どんな思い出だよ？」身を乗り出して晃平は尋ねた。

「それは……、友達から北海道旅行のお土産にもらったオルゴールの曲だったのね。知っている？　オルゴールって、ねじを回した分だけずっと音楽が流れているの。初めの一曲はいいんだけれど、段々遅く低い音になって途中で必ず止まるの。私は途中で止まるのが嫌だったから、ギコギコねじを何回も回したの。でもいつも途中で止まるの。しまいには嫌になって、一曲聴いてねじ引っこ抜いちゃった」

　晃平は呆気にとられて「アーメン」と『乙女の祈り』の為に

祈った。それを見て朋美の気持ちも和らいだ。

「じゃあさあ、この曲何だと思う？」トゥ.トゥ・トゥー・トゥートゥートゥートゥトゥトゥーと晃平がピアノを弾いた。優しく穏やかな曲だ。

「ベートーヴェンの曲だけど、このCDから選んでよ」ベートーヴェンのCDを朋美に渡す。

朋美は曲目リストを見て「交響曲第六番『田園』、ピアノ協奏曲第五番『皇帝』、交響曲第九番『歓喜の歌』、ピアノソナタ第八番『悲愴』、ピアノソナタ第十四番『月光』、あっ、『月光』でしょ。」と答えた。

晃平は満足して

「やったー、俺と同じ人がいるー」とピアノの鍵盤をたたいた。「残念でした。答えは『悲愴』です」と独り言を言い「俺もピアノの先生に『月光』と答えたんだよなあ」と言い、おもむろにピアノを弾き始めた。トゥトゥトゥトゥトゥトゥ〜

何ともいえずもの悲しい曲を弾いている。「これが『月光』」晃平が朋美に頷いて言う。

「えっ」『悲愴』と『月光』が逆の曲のようだ。

「朋美の言いたいことは俺にはよく分かる。だから言う。俺は

将来音楽の教師になって、音楽に哲学……、テーマを持った人の道しるべになりたいんだ。同じ『月光』を感じた朋美は『月光』と『悲愴』のテーマ、道しるべが分かる仲間と思って言ったんだ」

　その時の晃平の真剣な眼差しに朋美はきゅんとした。

　それから朋美は晃平の後ろ姿を追い、自分のテーマは「晃平を待つこと」になって、現在に至るのである。

　今日は土曜日。ライブの日である。朋美は首から鎖骨あたりまで開いたレースのカットソーとこの間買ったミモレ丈の白いフレアースカートをはいた。髪の毛は思い切ってアップにし、ピンでまとめた。唇はプチプラコスメの口紅とグロスをつけた。
「うん。良し」
　全身を鏡でチェックして嬉々と表に出た。曇っているけれど公民館だから問題なし。
「ロックバンドって、どんな風なライブをやるんだろう」
　会場へ着くともう人でいっぱいだった。チューニングをして

いる。しかし、私の恰好は場違いなのか？　何か思っていたのと違うと朋美は思い始めていた。

開演した。

観客が一斉に総立ちになった。驚いた。みんな凄い、興奮状態だ。朋美はただ茫然と立っている。晃平のバンドDOKUが出てきた。

ヴォーカルの人が何も言わずに歌いだす。低い声だ。でもヴィジュアルがいいので声援がすごい。ギターの人が一番のっている。ベースの人は落ち着いて演奏している。ドラムの人はリズムが良い。

肝心の晃平はキーボードなのにピアノとも違う音や、電子音などをたたいている。これがロック？　あの『月光』と『悲愴』はどこに行ってしまったの？　音楽のテーマの道しるべは？　訳が分からず、朋美はただ立っていた……。

晃平の家の前に朋美はいた。控え室は女の人でいっぱいで帰ってきたのだ。一緒に写真を撮ろうとデジカメを持って来たのに。おまけに雨が降りそうな夜になってしまった。

空を見ると悲しくなった。今までの私は何だったの。街灯の光が月光のようで曲も二人の共通の『月光』でなく『悲愴』が

流れているようで一層朋美は悲しくなった。

　そこへ晃平が帰ってきた。「朋美、何をしているんだよ」驚いた晃平。

「控え室が女の人でいっぱいだったから、帰ってきちゃった」朋美はもう泣きそうだ。暗いから気が付かれないで良かった。

「ほかのバンドもあの控え室だし、みんなヴォーカルのファンだよ」と晃平が朋美を見た時、街灯の光が月光のように朋美を照らした。

　晃平はドキリと体に電気が走ったように固くなった。

　朋美の首と鎖骨がか細く白かったのである。見てはいけない様なものを見てしまったと目をそらしたが目に焼き付いて離れない。

　朋美は晃平に言った。「『月光』と『悲愴』のこと忘れたの？！」デジカメを晃平に投げて走り去った。

　ポツリと雨が降ってきた。晃平は雨に当たりたかった。朋美の首元が目に焼き付いて頭から離れない。雨が本降りになった。びしょびしょに濡れていたかった。

俺はずっと前から朋美の事……。気が付かなかった。月光の光……。

　雨がピアノのように晃平を叩く。

　晃平は雨の中を立っていた。

　朋美は自分の部屋で泣いていた。するとドアから母が声をかけてきた。

「晃平君よ。渡したい物があるって。」

「え？」何だろう。朋美は涙を拭いてドアを開けた。そこにはびしょ濡れのTシャツを着た晃平がいた。

「ごめん。デジカメを返すよ。」朋美は濡れていたことを言おうとしたが、渡したい物が投げつけたデジカメでちょっとムッとした。

　だけど晃平はまだ手に物を持っていて「ベートーヴェンのCDもやる。」と朋美に渡した。

「俺は、音楽の教師になる。」と晃平が言う。

『月光』と『悲愴』の事を覚えていたんだ。朋美は力が抜けた。

「だけど、言いたい事がある。ロックもテーマがあるのもある。『月光』と『悲愴』もあの頃と捉え方が変わった。イントロや

題名で決めつけない、音楽も話も最後まで聞け。決めつけるのがいけないとは言わないけど、色々試したら、もっともっと音楽を知って、テーマが分かる。さらにもう一つ言う」

「濡れたままでごめん」晃平が朋美を抱きしめた。

　二人の間にはベートウェンのピアノソナタ第十四番『月光』の曲が流れていた。最後まで流れていた。

♡メロディ〜♡

　クリスマスの日、男性と女性がデートをしている。原宿のカフェだった。

「それでね、3年も京都に転勤なんだ。遠距離恋愛になるけど……」ぐるぐるとコーヒーカップの中をスプーンで回す男性。落ち着かない様子だ。泣かれたらどうしよう、心の中は心配だった。

　その時、女性は悲しくて涙をこらえるために目を閉じた。すると店内に音楽が流れてきた。讃美歌の『荒野の果てに』だった。荒野のはーてにオーオーオーォーオーオーオーォーグウローーリアーインエクセルシスディーオー……。

「今日はクリスマスだったのよね。3年寂しくなるわ」女性は目を閉じたまま。メロディ〜を聴いていた。

「そうだったね。この曲の意味を知っている？」男性は『荒野の果てに』を聴きながら女性に言った。

「いと高きところに栄光、神あれ、地には平和、御心に適う人にあれ。天使が羊飼いにイエスの誕生を伝えた曲なんだ」

　女性は何故か目を閉じていても不安はなかった。今日3年と伝えられた。3年間待てそう。

羊飼いも伝えられたように迷いなくベツレヘムへ向かったのだろう。神の栄光を見るために。女性の心がやわらかく溶けていく感じだった。楽しくて楽しくてワクワクする。３年という道のりがメロディ〜に乗っていくのだわ。迷わない、夢の実現を３年味わえるの。女性は喜びに満たされた。

　女性が目を開けると車に乗った男性が女性に笑いかけていた。
「ともちゃん３年間ありがとう。長かった？」
「ううん。あっという間だった。音楽をずっと聴いていたわ」
　車のなかでは『荒野の果てに』が流れてきた。
　いと高きところには栄光、神にあれ、地には平和、御心に適う人にあれ。
　聖書はイエスの降臨を待つことを予言した。神の栄光を賛美するように、と人は待つ事を楽しむように、と神は音楽を与えたのであろうか。
　メリークリスマス！　皆に平和がありますように……。

　＊『聖書　新共同訳』ルカによる福音書第二章14節

♡完ぺき♡

　太陽がベランダの窓から差す。暑い。暑い。ギーギーと耳障りな目覚ましが鳴る。

　俺は起きた。暑い……。髪の毛をくしゃくしゃとかき、煙草一本取り出し火をつけて吸う。

「あじぃー」

　22世紀、コンクリートの壁で出来たビルという箱に地球は仕切られている。

　完璧に壁で囲まれている。その昔完璧なものなどない、と壁をなくした事があった。しかし、プライバシー保護の為また壁が作られた。

　俺は汗を拭い、空調システムにコールした。

「とても暑い。空気を換えてくれ。ボドル５番地だ」

　空調システムにコールした後、すぐに、彼女が華やかな真っ白なワンピース姿でやってきた。

「こんにちは。突然来ちゃった。起きて間もないのかしら？ごめんね」笑顔だった。

　俺は寝癖を直し「俺の家、今暑いけどいい？」と聞いた。

「じゃあ、アイスティーにリキュール入れたの作ってあげる！

失礼しまーす」

　と台所の方へ行ってポットを探している彼女。

　そんな姿を見て昔を思い出す。空気が悪くてイライラして、彼女の水色のスカートにコーヒーをぶっかけてしまったこと。

　そして、予定していた旅行がそれでふいになった事を思い出す。けれど今はそんな事はない。空調システムにコールするとすぐに空気がきれいになり、雑音もハープの音のようになる。

　煙草は地球では空気をきれいにするためにある。22世紀の産物だ。もう空気でイライラしない。

　部屋に戻ると涼しくていい香りがしていた。

「ちょっと待っていてねー、コップ探しているから」と彼女。

　俺は床に座った。突如、壁が崩れ始めた。い、一体何事だ。部屋の四角の壁がボロボロになっていった。

　太陽の日差しがカーッと差す。不思議な事に壁の外には俺たち二人以外誰もいなかった。

　コールが鳴る。トゥルーララ。空調システムにコールして空気も良い状態だ。雑音もハープの音だ。電話を取る。

「ボドル５番地さん。今言う事を信じてくれよ。みんな相対者だけ見ることが出来る。他の人は見られない。プライバシー保護の壁を壊すことになった。究極の二人きりだ。朝から異常な

暑さだった。太陽を見てごらん。この惑星にもきっと太陽の本当の光が届いたんだよ。太陽の光、すなわち神の光がやっと地球に届いた訳だ。パラダイスだ。壁がない。神は完ぺきだ！」

「それはつまり……」俺は彼女を見ながら聞いた。彼女を見ることが出来る。

「そう。太陽の中にいるって事。太陽に吸い込まれたんだ。太陽の中では相対者だけ存在する。私もボドル４番地に住んでいるんだ。６番地に伝言頼む。ぐっどらっく！」

　皆さんも夫婦だけ見つめて他の誰も目に入らない時、完ぺきな光の中にいるのです。

♡眠り姫♡

　ある王国のお姫様は、幸せな結婚をしました。家柄もルックスも性格も申し分ない王子との結婚でした。しかし姫には悩みがありました。そう、眠れないのです。

「寝無理」姫だったのです。

「姫、私が一晩中ついているから、安心して眠れよ。何にも心配いらないよ」

「王子様、眠るのって、死ぬのと一緒かしら……」

　姫は寝ている間にニュースが起きてしまう事、襲われてしまう事、そのまま死んだように目覚めなくなってしまう事、など心配して眠る事が出来ない、要するに、人を信じていないのでした。睡眠薬を飲んでも眠れませんでした。

「姫、夜の歌というバラードを作ったんだ。子守歌代わりになるかも」王子がギターを持って姫の枕もとに来ました。

「ううん、激しいダンスをしてみるわ」と姫は提案しました。

「じゃあ、私とダンスをして朝に眠ろう」王子はお姫様抱っこをして姫を部屋の中央へ連れて行きました。

「ラテンダンスを踊ろう。チャチャチャからいこう」パソドブレまで踊りましたが、王子がばてて寝てしまいました。それを

見て姫は、王子の無防備な姿に少し安らぎを感じたのでした。

「夜の歌を聴けば良かったかしら」姫は今日のニュースを見る気もせず、ぼんやりと過ごしていました。テラスの椅子に座り寝ている時に見る「夢」というものを王子様と一緒に見られたら、眠れるかもと思いつきました。そうしたら、いても経ってもいられず、国中の夢占い師、催眠術師、心理学者をたくさん集め同じ夢を見られるか調べました。そうこうするうち、王子が目を覚まし、コーンポタージュを飲み始めました。

「同じ夢か……、私の腕の中で眠っている姫の寝顔を見るのが私の夢だなあ」王子が言いました。

「私の寝顔を見るのが夢」姫は驚きました。

「だって、一番信用されている事だろう」王子はそして言いました。「今日、ギターを弾くから私の夢を叶えてくれ」姫は昨日の無防備な王子の姿と、生まれたての自分を思い出しました。赤ん坊はみんなを信用して寝ている。でも誰も何もしないわ。むしろ、その寝顔に安らぐわ。

「王子、分かりました。寝てみます。私は王子の腕の中で夢を見たい。そして王子の夢も叶えたい」姫は「ブランデーを少しいただいてもいいですか」とも付け加えた。王子は「夫の前で好きなだけ酔っ払えばいい」と言いました。

真夜中の12時。王子と姫はワルツを踊りベッドに入りました。ブランデーの香り。

「ギターを弾くよ」パポロンパポロン……。

「真夜中の私の姫、夜にそっと歌うよ。花と優しい香りを夜に私にくれるよ……」

　するとどうでしょう。柱時計が13回パポロンと優しく奏でました。

「13回…、12回の次は1回なのに」姫は瞼を閉じました。

　そして、ニュースがオールドになって歴史と数学が音楽に変わりました。

　太陽と月が一緒に上りました。なおも王子はギターを弾いています。パポロンパポロン。窓から光が照らしました。王子は眠くなってきました。王子は姫の事を見ました。自分の腕の中で赤ん坊になって、すやすやと眠っています。

　王子は安らかな気持ちになり、瞼を閉じました。

　姫と王子は光の中へ抱き合って同じ夢を見るのでした。それは、永遠という夢でした。

♡太陽まで♡

　近未来、人は皆太陽で結婚して夫婦で暮らすようになっていた。地球から太陽まで移動する時に、ドームの様な宇宙船に乗り二人一組で部屋に入り、特殊なマスクをつけると、重力に関係なく酸素がなくても太陽に移動することが出来て、二人揃って立体映像を見る事が出来た。

　結婚する時には男性の方がマスクとネックレスを選んで持ってくる事になっていた。

　女性の方が、ピンバッジを持ってくる事に……。

　ある男性が持ってきた結婚する時の特殊マスクは「ますく」とひらがなで書いてある何とも分からないマスクだった。

　相手の女性は「なあにこれ、せめて無地の白にしてよ〜」と言った。

「うるさい、唇や歯が書いてあるよりましだろう」男性がマスクを渡す。

　そして、ダイヤモンドの雪の結晶の18kのペンダントとダイヤモンドの雪の結晶の18kのピンバッジをお互い交換した。二人の証、の雪の結晶。

　男性と女性は早速マスクをつけた。立体映像が出てきた。

あぁ結婚するんだ、と二人は思う。

　すると映像がなくなり、音楽だけが流れてきた。グランドピアノの音だ。讃美歌でもなく歌謡曲でもなく演歌でもない。初めて聴くジャンルの音楽だ。

　二人はしだいにうっとりしてきた。体を包むような優しい音楽だ。二人は手を繋ぐ。

　ときめきのしらべ。金色の太陽の光が差し始める。

　そこへ、五線譜が出てきて音符がジャンプする。二人が繋いだ手で触れるとそれは美しい音となる。そしてマスクを通すと歌となる。こうして歌が奏でられた。

　マスクから優しいピンク色が放出され音符が色を染めていく。恋のメロディ〜に変わった。花と果実の香りと金色の太陽の光、もう二人は至福な状態で涙を落とす。

　その涙が紫色となり音符を染める。愛のメロディ〜だ。

　マスクがはずれる。二人の間に紫色の音符がジャンプし音階を奏でる。

　二人の体を愛のメロディ〜が包み込む。紫の香りというか、地球では香らなかった愛の香りが漂う。交換した雪の結晶が虹色の光を放ち、柔らかいマシュマロになって二人を包む。これ

が愛。至福状態の二人の体は徐々にくっついていく……。

　そして、金色の太陽の光に吸い込まれ、少しずつ二人の唇が
重なり合うのだった……。

　　　　　　　　　　　　　　　　　　　　とも ing

〈著者紹介〉

ともing（ともいんぐ）

ハートフル♡

2023年7月3日　第1刷発行

著　者　　ともing
発行人　　久保田貴幸

発行元　　株式会社 幻冬舎メディアコンサルティング
　　　　　〒151-0051　東京都渋谷区千駄ヶ谷4-9-7
　　　　　電話　03-5411-6440（編集）

発売元　　株式会社 幻冬舎
　　　　　〒151-0051　東京都渋谷区千駄ヶ谷4-9-7
　　　　　電話　03-5411-6222（営業）

印刷・製本　中央精版印刷株式会社